ひきこもりの おうじさま

我門 隆星
Gamon Ryusei

文芸社

もくじ

1

王さま

まだ、お日さまが昇らないので、あたりは真っ暗です。でも、かたむいたベッドの「はねぶとん」の中で、王さまは、もう目が覚めていました。

王さまは、起きあがることができません。背中の病気で、ずっと寝たきりだったからです。

でも、寝たきりの王さまは、たいていのことが、ひとりでできました。

王さまは、「いやなにおい」が大きらいでした。寝室にこもった毛布、汗などの「におい」を、まず追い出します。王さまは口の中で、じゅもんを唱えます。お城の一番上の、王さまの寝室の窓という窓が、「ばたーん」と、いきおいよく開きました。雪山のてっぺんのほうから、「びゅうう」と冷たい風が、部屋の中に入ってきます。そして風は、部屋中の「におい」といっしょに、反対側の窓へ、湖のほうへと、かけぬけていきました。

まだ少しにおいます。王さまは寝たきりでした。つまり、ベッドには「しびん」と「おまる」があったのです。

王さまは、ベッドの中の「しびん」と「おまる」を、自分ではずします。そして、魔法の「ちから」で、二つとも、宙に持ちあげました。「しびん」も「おまる」も、ひとりでに飛んでいきます。……窓の外、湖のほうへと。

「しびん」と「おまる」は、湖の真ん中まで来ました。

「そろそろいいかな」

王さまは魔法の鏡で、「しびん」と「おまる」を見ていました。あたりには漁師の舟がありません。朝早い漁師たちは、もう帰ったあとだったからです。

王さまは、魔法の「ちから」で、「しびん」と「おまる」をひっくり返します。すると、「ざばあっ」と、中の物は湖の中に消えていきました。

そのころ王さまの国には「トイレ」というものがなかったからです。人はみな、「おまる」「しびん」を使うのですが、窓から道や溝に、「中の物」を捨てていました。でも、王さまは「窓から物を捨てることは『よくない』ことだ」と考えていたので、道に捨てたりしません。魔法を使って、ちゃんと「めいわくになりそうではない」ところに捨てていました。

ベッドのサイドテーブルには、ひび割れた「水差し」がありました。王さまは、魔法の「ちから」で、金の柄に白馬の毛で作った歯ブラシと、水晶でできた歯磨き粉入れを、手元に呼び寄せます。そして、ごしごしと、歯をきれいに磨きました。口をゆすいだあとは、空中にはきだします。すると、魔法の「ちから」で飛んでいき、湖の真ん中に消えていきました。

「おなかがすいた……」

あんまりおなかがすいたので、ぐうぐうと鳴りはじめます。王さまが「気持ち悪い」と感じたとき、ドアのノックが聞こえました。

ほっとして王さまは、手にした呼び鈴をサイドテーブルに戻します。

「どうぞ」

と王さまは口の中で話します。すると魔法の「ちから」で、ドアの外にいた人の耳に、声が「どうぞ」とささやきかけました。でも、外にいた人は、ドアを開けようとはしません。両手がふさがっていたからです。

すぐに気がついた王さまは右手で、「おいで」と呼ぶようなしぐさをしました。すぐに、ドアは両開きに、内側へ「ぱかっ」と開きました。

外には、銀の盆を持った女の人が立っていました。

「朝食でございます」

女の人は、中に入ろうとはしません。王さまが魔法を使えることを、知っていたからです。

「ありがとう」

と言って、王さまは両手をさしだしました。銀の盆はひとりでに、王さまのベッドまで飛んでいきます。朝食を王さまに渡した女の人は、頭を下げて、ぱたんとドアを閉じました。ひと仕事終わったのですが、することがまだまだ台所に残っていたからです。

ベッドに寝たまま王さまは、しげしげと、銀の盆を見つめました。ガラスのフィンガーボウルには、飾りとして、菊の花びらが浮かべてあります。その日は、秋だったからです。王さまは、ぽいっ、と菊の花を窓から湖に投げ捨ててしまいました。手を洗うのに、花は必要なかったからです。

ちゃぷちゃぷと手を洗った王さまは、銀のスプーンで、スープをすくおうとしました。何か、においがします。

王さまは、「かちゃり」と、スプーンを皿に戻しました。スープの具は、王さまの大きらいな、川魚だったからです。王さまは魔法の「ちから」で、スープを湖に捨てようとしました。

ふと気づいた王さまは、スープ皿を魔法で宙に浮かせたまま、手帳を左手に呼び寄せます。

五日間ずっと、「食事に川魚が使われていた」と、手帳には書いてありました。王さまは、今日の朝食の内容も、手帳につけます。川魚のスープ、パン、バター、玉子焼き、ミルク……。

「あ……」

今日の朝食には温かい「ソーセージ」とピリッと香辛料のきいたハムが、ありませんでした。

「ああ……」と悲しそうな声を王さまはもらしました。朝食には、王さまの好きな果物も、ついていなかったのです。

王さまは、スープを残して、パンにバターをつけて、玉子焼きを食べました。王さまは、さびしく考えます。

「このまま料理が減ると、明日からは、玉子焼きもなくなるのだろうなぁ……」

でも、それは間違いでした。王さまの領地では、卵、ハム、ミルクなどのほうが、パンよりも簡単に買うことができたからです。だから、玉子焼きよりも、パンのほうが先になくなることでしょう。

2

庭師と王妃さま

女の人が台所で働いています。その人は、お城に住む七人分の朝食を、ひとりで作っていました。

そしてその日、台所には二人、男の人がいました。でも、いつでも、女の人を手伝おうとはしません。

「料理は、コックがするものだ」

「料理は、女の人がするものだ」

なぜか二人とも、そのように考えていたからです。

コックのマリーは、そっとため息をつきました。その二人に手伝ってもらうよりは、自分ひとりで料理を作ったほうが速かったからです。

「せめて、もうひとり、料理する人を雇ってくれたらなあ」

コックのマリーは、ひとりごとを言いました。でも、王さまの代わりに「お城の人を雇う」ことを仕事にしていた大臣には、ひとりごとに聞こえません。

「いったい、何ということを……」

でも、マリーは、大臣の文句を聞こうとはしませんでした。次に朝食を渡す人は、お城の中庭に住んでいます。皿に盛ったスープが冷めてはいけない、早く渡さないと冷める、と考えたからでした。

両手で銀の盆を持ったまま、マリーは大きなおしりで、台所のドアを押し開けます。行儀の悪いことですが、魔法を使えないマリーのために、だれもドアを開けてあげようとはしなかったからです。

ドアの外で、思わずマリーは、毛布の塊を踏みつけるところでした。またペーターが、庭で寝ていたからです。

「ペーター、さっさと起きなさいよ。さもないと、あんたの朝ごはんまで食べちゃうわよ？」

庭師のペーターは、長い鼻と耳を、ぴくぴく動かします。毛布にくるまったペーターは、まだ少し、夢を見ているようでした。

「……羊の丸焼きが欲しいよ」

コックのマリーは、がつんと、銀の盆を地面に置きました。

「朝からそんなもの食べられるはずがないでしょ？　魚がきらいなら、片付けてしまいますよ？」

目の覚めたペーターは、長い口を開けて、とがった歯を見せて、笑いました。庭師のペーターは、狼でした。でも、肉球のついた足でスプーンを取り、川魚のスープを食べ始めます。なめたり吸ったりするものではなく、スープはスプーンで食べるものだ、そのように教わっていたからです。

「おかわりは？」とマリーは聞きました。

「ありがとう、マリー。でも、もう結構」

狼は、しじゅう食べているよりも、少しおなかがすいていたほうが健康的だ。そのようにペーターは考えていました。運動も必要だと感じたペーターは、マリーに尋ねます。

「手伝おうか？」

でもペーターは庭師です。料理はうまくありません。ペーターは狼です。銀の盆を上手に運べません。

「ありがとう。……そうね。一緒についてきてくれる?」

「喜んで」とペーターは笑いました。コックについて歩いていくぐらいは、簡単だと思ったからです。マリーは、少し泣きそうな顔をしました。でも、笑ってごまかします。

「ありがとう」

というのは、マリーは、これから一日のうちで二番目に、難しい仕事をしようとしていたからです。それは、王妃さまに食事を持っていくことでした。

王妃さまは、城の建物の中ではなく、庭の中の「あずまや」に住んでいました。「あずまや」とは、壁のない建物です。でも、今はもう秋。風は、どんどん冷たくなっていきます。王妃さまは、夏の日に「あずまや」に入ってから、一度も外に出ていませんでした。

「開けてちょうだい」

マリーはペーターに頼みました。マリーの両手は、銀の盆でふさがっていたからです。ノックはしません。「あずまや」にはペーターのつけたしたガラスの衝立《ついたて》、ガラスの扉がありました。でも、王さまの部屋にある樫の木のドアほど、ガラスの引き戸は丈夫ではありませんでした。銀の盆でたたいて引き戸を壊したり、王妃さまの心を乱したりは、したくなかったのです。

「開けるのに、コツがいるのですよ」

と言って、ペーターは「あずまや」の引き戸をそっと開けました。コツがいるのではありません。ペーターが大工ではなかったため、扉がゆがんでいたからです。でも、マリーは黙っていました。

「あずまや」は、まるで「おもちゃ」の箱をひっくり返したように、散らかっていました。「かなづち」「かなとこ」「のみ」、そしてたくさんのコイン……。体を丸めた格好で、少し白髪の出はじめた女の人が、ショールにくるまって眠っていました。

ペーターは、そっと女の人に近づきます。

「朝ですよ、王妃さま」

むにゃむにゃ、と女の人は半分、目を開けます。

「あっ、ペーター」

王妃さまは、狼の首に抱きつきました。

「ふわふわ〜」

王妃さまは狼を抱いたまま、少し揺すります。

「もこもこ〜」

きゃっきゃっと笑いながら、王妃さまは、狼の耳をかいてあげました。ペーターは気持ちよさそうに、のどをならします。

「ペーター、好きぃ」

マリーは、さすがに、涙をこらえきれませんでした。何回見ても、慣れることができません。

「あ、おかあさんだぁ」

コックのマリーは、王妃さまのお母さんではありません。病気の王妃さまは、魂の半分だけが「あの世」に行ってしまっていて、心が子供に戻ってしまっていました。

だから、王妃さまはマリーを「おかあさん」、王さまを「おとうさん」、そして王子さまを「(ままごとの)だんなさま」と呼んでいたのです。

マリーは食事を王妃さまに渡そうとしました。何かにおいます。スープの川魚ではありません。

「あ~あ……」

王妃さまの服がぬれています。マリーは、銀の盆をテーブルに載せました。

「こら、ヘテカ。おしっこは『おまる』にしてと、いつも言っているでしょ?」

「えへへへへ~」と子供のように王妃ヘテカが笑いました。

「ヘテカ、朝ごはんの前に着替えなさい」

「着替え、どこぉ?」

マリーは黙って、お城の建物を示します。

「いやっ!」

「建物の中に行って、着替えてきなさい」

王妃ヘテカは、そっぽをむきます。

「い・や！」

もう何か月も、みんなは建物に戻そうとしているのですが、王妃へテカは、いやがります。なぜか何か痛そうにこわがって、大声でわんわん泣くのです。だからマリーは、王妃さまを建物の中に戻すことができなかったのでした。

何かふわふわと宙に浮いていたので、マリーは見ます。清潔な下着、ナプキン、上着と暖かいセーター……。魔法の鏡で見ていた王さまが、見かねて、王妃さまの着替えを、魔法で用意したのでした。

見ると、王さまからのメッセージがカードに書いてあります。マリーは黙ったまま、そのカードを王妃へテカに渡しました。

「なあに、これぇ」王妃へテカには、易しい言葉で書かれた優しいメッセージが、読めませんでした、「何て書いてあるの、おかあさん？」

わっと、たまらずマリーは、泣き声をあげてしまいました。南の国にあるノバポールの町には、世界一賢い人たちの集まる、「ノバポール大学」があります。そこは、いくつもの種類の言葉、魔法、世の中の仕組みなどを学んだり研究したりするところでした。そのノバポール大学をかつて一番の成績で王妃ヘテカは卒業した、とマリーは聞いていたからです。

……それほどの知恵が失われるとは、おいたわしいこと。

とマリーは考え、自分の目の涙をぬぐいました。

「どうしたの、おかあさん。どこか、痛いの？」

「どうかしたのですか、マリー」と庭師のペーター、「だれか、人を呼びましょうか」

くすっ、とマリーは笑います。……呼べる人がいれば、苦労はないわよ。

でも、涙も笑顔も、カードのせいにしようと、マリーは考えました。マリーはペーターにも、カードを見せました。

「私に、字は読めません」と狼で庭師のペーター。

マリーはカードの字を読みました。

「『もうじき、さむくなるから、はやくかえっておいで』」

みんなにばかにされているような気がした王妃さまは、そっぽをむきました。

「い・や。ここで着替える」

王さまから渡された着替えを、ペーターは宙からとりあげ、さっとマリーにさしだしました。マリーは、じっと、ペーターを見つめます。

「あっち向いておいてちょうだいね、ペーター」

「あちらのことですか?」とペーターは、庭の向こう、花壇の向こうの湖と、森と山を指さします。そろそろ、空は明るくなってきました。

ペーターの指さすほうに、王妃さまの姿がすこしかかります。

「あっちを見ていて」

とマリーはお城の、王さまの部屋のあたり、王妃さまとは正反対のほうを指さします。

「わかった」

とペーターは言いました。でも、ペーターには、なぜマリーがそのようなことを言い出したのか、わかりません。異性の前で着替える羞恥心を、狼は理解しなかったからです。

王妃さまの下着を外し、籠《かご》に入れます。病気でやせた王妃さまの体を、温かいお湯でていねいに、拭きます。マリーは、そっと上着とセーターを、王妃さまに着せました。

「はい、ちゃんとできましたよ。水差しの水で手を洗ってから、食事をするのですよ。……服を汚さないように気をつけてね」

でも、王妃さまの顔と目は、くるくると、「あずまや」の四隅にむけて回っています。残り半分の魂も、王妃さまの体のまわりで、さまよっているようです。

「ヘテカ……」

マリーは王妃さまよりも五つほど年上ですが、結婚していませんでした。でも、王妃さまを見ていると、マリーの小さな子供のように見えたのでした。

「洗濯しておきますからね……」王妃さまは、目を開けたまま眠っているようでした。ただ、首は、ぐらぐらと揺れています。

マリーは洗濯物を入れた籠に銀の盆を載せ、庭師のペーターに声をかけます。

「行きましょう」

コックと庭師は、そっと、「あずまや」を出ました。

王妃さまの籠には、「ずしっ」とした重みがありました。マリーは知らずにただ洗濯物を入れたのですが、中には銅貨がいっぱい入っていたからです。

小さな絵が添えてあります。冠をかぶった女の子の絵。女の子は、左手にかなづち、右手に小さな茶色の丸いものをたくさん持っています。

隣には、おしりの大きい女の人が描かれてあります。女の人に、たくさんの茶色の丸いものをあげているように見えます。おしりの大きい女の人の上には……「ママ」の文字。

ヘテカは、自分で作った銅貨を、「ママ」のマリーにプレゼントしようとしたのでしょう。

マリーは、「お金が足りない」という、自分の口癖を思い出しました。

コックのマリーは、銅貨を手に取ります。裏には、湖のかたわらに雪山を背にして立つ、小さなお城。よく見れば、小さな「あずまや」も描いてあります。

表には、直線で引いたように端整な顔。字が顔を取り囲んでいます。

「フォンタノ城王子・ドヌエル・ハンス・フォンタノ。いちバル」

マリーは、うつろな目で、銅貨の顔を見ていました。そんなマリーを、じっと、庭師のペーターが見つめていました。ペーターがマリーに、いらいらと声をかけます。

「仕事はよろしいのですか、マリー？」

マリーはわれにかえりました。次に、一日でいちばん難しい仕事が待っています。

それは、銅貨の顔の人、王子さまに食事を運ぶことでした。

3

コックと王子さま

王子さまは、暗い地下室に住んでいました。地下室に通じる「らせん」階段の前に立つだけで、異様なにおいが、下から漂ってきます。

王子さまも、王さまと同じように、「いやなにおい」が、きらいでした。王さまは、冬でもすべての窓を開け放って、においを外に出そうとします。いっぽう、王子さまは、ドアを閉め切って、外のにおいが入らないようにしていました。

また、王子さまも、王さまと同じように、魔法が使えました。地下室には、「香りのよい」ものが、たくさんばらまいてあります。バラ、茴香《ういきょう》、白檀《びゃくだん》、丁子《ちょうじ》、胡椒、カルダモン、ナツメグ、レモン、ライム、タイム、ローズマリー……。

「けほっ、けほっ」

マリーは咳をします。においの洪水に、むせてしまったからです。魔法で、ぱたんとドアが開きました。

「ひいいっ」

マリーは悲鳴をあげます。においが、どっとマリーに押し寄せました。それだけではなく、魔法の「ちから」が、ぐいぐいとマリーを部屋の中に吸い込んだからです。部屋に火の気はなかったのですが、魔法のともし火が、ぼんやり青白く光っていました。それは、ときおり墓場に訪れる「鬼火」のようにも見えました。

王子さまは、毎日、太陽を避けて暮らしていました。皮膚が弱かったのです。ちょっと日にあたるだけで火ぶくれを起こし、重い火傷《やけど》のようなケガをしました。だから、王子さまは、重い「ずきん」とマントを頭からかぶって、さらに魔法で「闇」をいつもまとっていました。

完全に体に「闇」をまとうと、王子さまの目に光が届かなくなってしまいます。そこで、王子さまは、魔法のレンズを目につけていました。このレンズは、外の光を直接、王子さまの目に伝えるものでした。

でも、マリーの目には、非常に気味の悪い姿に映ります。地獄のようにこわく暗い部屋に、ぼんやりと青白い光。苔とたくさんの書物、羊皮紙の巻物。部屋の中央には、

「にょきっ」と立つ「闇」。まるで、黒いキノコか陰茎のようです。そして、黒いキノコのおもてには、ギラギラと赤く光る二つのレンズ……。

「闇」の右手が、少し持ち上がりました。しゅしゅしゅっと、部屋の奥から皿がマリーめがけて飛んできます。

「ひっ」

マリーは、飛んでくる皿を避けようとして、後ろにのけぞります。マリーの持った銀の盆から食器が、宙に飛び上がりました。かわりに、からっぽの皿が、部屋の奥から飛んできて、銀の盆に載ります。

マリーの持ってきた朝食は、宙を飛んで、「闇のキノコ」の前に引っ張られていきました。「闇のキノコ」は、部屋の空気を震わせて、マリーに言葉を伝えます。

「おまえは私に毒をもるつもりか」

むっとしたマリーは、少し強がって、言い返します。

「入れていやしませんよ、そんなもの。だいたい、そんなもの買うお金、ありゃしませんとも」

マリーのスカートのポケットから、銅貨がいくつか、宙に飛び出しました。銅貨は、マリーの前で、宙に浮いています。王子さまは、銅貨に自分の肖像が描かれていることを確認しました。

「この金をどうした?」

マリーは少し怒りました。いくら魔法とはいえ、むだんで女の人の体をまさぐることは「良くない」と考えたからです。でも、マリーは、まず王子さまの質問に答えました。

「王妃さまに、もらったのですよ、それ」

魔法の舌がマリーの首筋を舐めました。もうがまんができません。

「なんてことをするのですか!」

「闇」の右手には、マリーが首筋につけていた「おしろい」がありました。「おしろい」は、白い粉。肌を白くみせるための化粧品です。でも、「おしろい」にも化粧品の多くにも、「食べ続けると体によくない」ものが含まれていました。

「な、何ですか。化粧してはいけないっていうのですか?」

「闇のキノコ」はため息をつきました。

「化粧品のにおいのするスープを食べさせるつもりか」

「文句を言うなら、もう、料理は作ってあげませんよ！」とマリーが怒ります。

「文句を言わずに、ちゃんと食べろ！」

大きな声が、地下室に響きました。魔法の鏡で全部のぞいていた王さまが、王子さまの態度に怒ったからでした。

王さまという強い味方に気づいたマリーは勝ち誇った顔をして、部屋をあとにします。

「ちゃんと食べなさいね」

王子さまは、「ばたん」と魔法で扉を閉めました。皿を手元に引き寄せて、部屋中を、より深い「闇」で包み込みます。これで、王さまの魔法の鏡は、何も見えなくなりました。

さらに王子さまは、音も、遮断しようとしました。そのとき、「しゅっ」という風の音が、少ししました。これで、王さまの魔法の鏡からは、何も聞こえなくなりました。

重い「ずきん」の内側では、王子さまが化粧品混じりのスープを食べています。毒を少しずつスープから宙に浮き上がらせて、外に捨てながら……。でも、きれいに毒を取ろうとすると、スープはほとんど空になっていくのでした。

「ううううう……」

「ずきん」の中で悲しそうな声を王子さまがもらしたとき……。「さわさわさわ」と、どこからか風が、王子さまのほほをなでました。「はっ……」と王子さまは顔をあげます。でも不思議なことに、地下室には、どこにも風の入るすきまがなかったのでした。

4　金貸しと将軍

地下室から上る「らせん」階段のてっぺんでは、庭師のペーターが待っていました。

「まだ来ちゃだめだよ、マリー」

でもマリーは聞きません。王子さまの部屋から逃げてきたところだし、台所に仕事がまだまだ残っていたからです。

「ああ、だめだよ、だめだよ」

マリーは後悔しました。早朝だというのに、「お客さま」が来ていたからです。城の外の町から来た「お客さま」は、将軍の真向かいに座っていました。

「うまいパンだね、もう一つもらうよ」

と、そのおじいさんは、マリーの焼いたパンを勝手に食べています。

だれも怒りません。魔法の鏡で様子を見ている王さまも……。

マリーは、ぎこちない笑顔を見せて、お客の、ごきげんをとろうとします。

「きょうは、いったい何の、ごようでしょうか。エブニザーおじさん……」

「おまえの『おじさん』なんかではないのだがね、わしは……」

「それでは……エブニザー・スクルージさま……？」

「うむ？」

スクルージさんは、自分のポケットから手帳を取り出し、ぎっしり書き込まれた数字を見直しています。

「あの……私どもの借金をスクルージさまに返す日は、あさってだったように思うのですが……？」

スクルージさんは、手帳の数字を確かめながら聞きます。

「二万二千オルプもの大金を、あさって、たしかに返していただけるのですよね？」

「もちろんです」とミクロフォント大臣。

「返せるはずがなかろう」とホディスト将軍。

スクルージさんは、「ぎろり」と、マリーをにらみつけます。

「返せるの？　返せないの？　……どちらですかな？」

お城の金庫には、金貨が二千オルプ。王妃さまの作った「いちバル」銅貨の総額が三十七オルプほどあります。

「は、はい、何とか返せるように努力はするのですが……」

マリーは上目づかいでスクルージさんを見ます。

「少し……足りないかも……」

少しではありません。借金は、金庫にあるお金の、十倍ほどになります。

スクルージさんは鉛筆を「ぱたり」とテーブルに置きました。難しい説明をしようとして頭がいたくなり、手で頭を押さえようとしたためです。

「マリー……」とスクルージさん、「あなたは、わしを、タラシアさまに会わせるつもりか?」

庭師のペーターには、タラシアがだれだか、わかりません。

ホディスト将軍は、思わず、そっぽを向きました。なぜか「おもしろい」と感じたのです。でも、将軍は、「しんけんな話をしているときに、笑顔を見せるべきではない」と考えていました。だから、将軍は顔を背けたのです。

「だれもがみんな、いつかは会うのですけれどもね」とミクロフォント大臣。マリーは、黙っています。

「人は、死ぬと、あの世に行って、『死の女神』タラシアさまに会うことになります」とスクルージさん、「お城の人が借金を返してくださらなければ、もう、お金がなくて、食べていけなくなってしまいます。わしは、死んでしまいます」

将軍は、顔を背けたまま言います、「スクルージ、もう二万八千オルプほど、貸せ」

「ホディスト将軍、わしの話を聞いていなかったのですか？」

ついに将軍は、ふりむきました。顔には、冷たい笑顔が浮かんでいます。

「ひっ」とスクルージは悲鳴をあげました。将軍の笑顔が、まるで「雷の輪」のように見えたからです。

「金貸しは、金を貸して利子を取るのが商売だ」と将軍、雷がとどろくような大きな声で言いました。「おまえの金庫には、ほかの人にも貸せるように、まだ十六万オルプの金貨が眠っているはずだ」

なぜ将軍は、スクルージの金庫の、お金のことを知っていたのでしょう？　スクルージは疑問に思ったのですが、目の前の将軍がこわくて聞けません。将軍は、笑顔を浮かべたまま、スクルージに言います。

「とりあえず二万八千、再来月には三万ほど借りるつもりだ。来年、利息は倍にして返してやろう。この小さなグーンの上で、一番の金持ちになれるぞ」

グーンとは、大地の神様のことです。しかし、ここでは「地球」という意味でした。将軍は、ふたたび顔を背けました。「おまえが、『知られざる母』タラシアに会うのは、それまでなかろう」

スクルージは、どういうわけか将軍がこわくなり、あたふたと逃げ出しました。

マリーは、ほっと、ため息をついて、テーブルのイスに、すとんと腰掛けました。

「……また、借金を払うために、借金してしまった、ねぇ」

「いたしかたなかろう」と将軍。

「しかたないでは、すまされませんよ」と大臣。

「では、どうするというのかね?」と将軍。

「食事の肉は、高価な牛肉から、より安い鶏肉に変更して……」と大臣が言います。

「肉なんか使っていませんよ」とマリー、「みんなで取ってきた川魚を料理しているのだから」

大臣は無視して続けます、「お城で働く人もどんどん減らして……」

「おや、ミクロフォントさん、大臣の職を、お辞めになるのですか?」とペーター。

大臣は無視して続けます、「道路の掃除とか郵便の配達とかいうお仕事もやめて、もっともっとお金を払わないようにして……」

「また、できもせぬことを」と将軍。

大臣は、さらに無視して続けます、「みんなで、この苦しさをがまんすれば、借金も減るように……」

「苦しいだけで、借金は減らない」

と、マリー、ペーター、将軍は同時に言いました。

いつものとおり、ミクロフォント大臣は、人の言うことを聞きません。「借金を返すために、また借金したことを、王さまに報告してくる」と言い捨てて、大臣は台所を出ました。

なぜか、「がくっ」と、将軍の顔が窓のほうに引き寄せられました。将軍の体から、何かが「かちゃり」と音をたてました。それは、目に見えない鎖が音をたてたようでした。思わず将軍は首を押さえながら、窓の外を見ます。

「……客が来たようだ。すまぬが、私は、王子さまの様子を見てくる」そそくさと、将軍は、「らせん」階段を下りていきました。

5　ベテラン

「おおーい、クレメンス」

太った人がステッキにすがりながら、よろよろと、お城にやってきました。

「クレメンスよぉ。わしじゃあ。レイじゃあ。中へ入れておくれー」

お城で寝たきりになっている王さまの名前は、クレメンス一世・フォンタノ。王さまは、苦笑しながら、じゅもんを唱えます。落とし格子戸は上げられ、緑色の水をたたえた堀に跳ね橋が降りました。王さまの旧友レイは、お城の中によろよろと入ります。

レイはベテランでした（退役軍人、歳をとって引退した兵隊さんのこと）。歳をとっていますが、肌のつやは「てかてか」としています。丸々と太っています。そして、頭に毛はなく、「ぴかぴか」と光っています。

「あいかわらず、レイはお日さまみたいですねぇ」と庭師で狼のペーター。

「そうじゃろう、そうじゃろう、お日さまみたいじゃろう？　のう？」

とレイは、むしろ、うれしそうに自分の「はげた頭」を、なでまわしました。ついでにレイはペーターの背中をなでてやります。うれしそうに目を細めて、狼のペーターは、のどを鳴らしました。

「そうじゃった、忘れるところじゃった」

レイは肩に提げてきた籠の中身をテーブルに出しました。

「わしの畑で野菜がたくさんできすぎてしまったのでな……」

フォンタノ城や周りの国では、王さまが退役軍人たちに「ほうび」として、土地をあげていました。そして、退役軍人たちは、小さな畑を作っていました。レイもそういう退役軍人のひとりでした。

「あまりたくさんできすぎて食べきれないので、おすそわけに来たのじゃよ」

「まあ、とても助かります。いつもありがとうございます」

とマリーはお礼を言います。物をプレゼントされたときに「お礼を言う」のは礼儀だったからです。いっぽう、ペーターは何も言いません。狼は、お礼を言うことに慣れていないからです。ミクロフォント大臣も何も言いませんでした。

「住んでいる人が国にプレゼントすることは、当然の義務だから、お礼を言う必要はない」

と、どういうわけか、そのように考えていたからです。

レイは、たくさんのトマト、ピーマン、カボチャ、トウモロコシ、それにココアの実も、テーブルに並べていきました。

「ああ、これはこれは、珍しいものを」

そうです。それらは、非常に珍しい食べ物だったのです。もともと、それらはみな、遠い「海の向こうの国」の植物だったからです。

でもレイがどこからそのような食べ物を持ってきたのか、マリーは尋ねません。以前尋ねたときに、

「すまん。わしは若いころからあちこちを回っていたので、どこでこういうタネを取ってきたのか、もう忘れてしもうた、あっはっは」

と言われたからです。

ふと、レイは悲しそうな顔をします。実は、レイは、大事な忘れ物をしていました。マリーに「正しいトウモロコシの食べかた」を教えていなかったのです。

マリーたちは、トウモロコシの実を全部そいでスープにしたり、焼いてかじったり、生でかじったりしていました。レイが正しい食べかたを教えていなかったからです。……海の向こうの人たちがするような食べかたをしたほうが、トウモロコシは栄養があって良いのだが、とレイは思っていました。

だけど、もう、レイはトウモロコシの食べかたを教えることができません。というのは、自分で「どこで食べ物のタネを取ったか忘れた」と、ウソをついてしまっていたからです。トウモロコシの正しい食べかたを教えようとすると、海の向こうのことを話さなければなりません。すると、「隠しているひみつも話さないといけない。そちらのほうが、もっとこわい」とレイは考えていたのでした。

ふとマリーは、不思議そうに、レイの顔をのぞきこみました。「プレゼントしてくれた人」が悲しそうな顔をしているのが、気になったからです。

レイは顔を背けて、中庭に目を向けました。「トウモロコシの食べかたが悲しい」

とは知られたくなかったからです。そしてレイは、「悲しい顔」をした理由が中庭にあるかのようなふりをしました。

「王妃さまは……？」

マリーは、レイの悲しそうな顔の理由が、わかるような気がしました。レイもマリーも、王妃さまが昔、大学で難しい本を書いたことがあると、知っていたからです。

「もうじき寒い冬が来るというのに、まだ、お部屋に戻ろうとなさらないのですよ……」

マリーが中庭を見ると、不思議なことに、雲の切れ間から、王妃さまの寝ている「あずまや」だけに、暖かい朝日が降り注いでいるのでした。

レイは、うなずきます。王さまが魔法の鏡で自分たちを見ていることを確かめたうえで、つけたしました。

「わしにとっても妹のような人。大事にしてやっておくれ」

「あら」と少しからかうような気持ちでマリーは、レイの肩を軽くてのひらで打ちました。

「そんなことをおっしゃると、王さまがやきもちを焼きますわよ」

マリーはどういうわけか、「レイと王妃さまが、とても仲がよかった」と思ったのでした。だから、王さまが「やきもちを焼く」と考えたのです。

レイは、天井を見上げました。その天井の向こうは王さまの寝室になっています。

「クレメンスは知っているよ」とレイ。

「……え？」

「わしと、王妃さまのヘテカは、南の国で、まるで兄妹のように暮らしていたのだ。知恵があり気の利く女の子でな……」

レイは目頭を押さえ、涙をこらえるふりをしました。

「大学で、太陽と惑星の軌道に関する論文を書き上げたときのうれしそうな笑顔が、未だに忘れられない……」

マリーに難しい話はわかりません。しかし、「王妃さまの魂が半分失われたことにより、知恵も半分失われた」ことをレイが悲しんでいる、ということだけはわかりました。

レイは、ふと笑顔を見せました。トウモロコシが悲しいだけだったのに、マリーまで悲しくさせたくなかったからです。

「そういえば、ホディストは？」

ミクロフォント大臣が、朝食のためにちぎっていたパンを置き、「ばん」とテーブルをたたきました。

「これ、レイ！　仮にも一兵卒のおまえが、将軍を呼び捨てにするものではない！」

レイは、台所のだれの顔も見ずに、太陽のように明るい笑顔を見せました。

「もう兵隊を辞めたのだから、そのようなことはどうでも良いではないか」

そうです。レイは、もう、兵隊さんではありませんでした。

「そうですよ、大臣」とマリー、「ましてやレイさんは将軍の、お父さんではないですか」

大臣は朝食の続きを食べながら、マリーに言います。

「ホディストが将軍になれたのは、仕事ができたからだ。仕事のできない兵隊が、仕事のできる将軍を呼び捨てにするものではない」

「まあ！」とマリーは驚き、大臣をとがめるような声をあげました。大臣の言葉を失礼だと感じたからです。

ばうっ、とペーターが、ほえました。大臣は思わずパンを取り落とします。

「行儀が悪いですよ」とペーター。狼に礼儀の話は、よくわかりません。でも、食べ物を口に入れたまま話すことは「行儀が悪い」と教えられていたからです。

レイは、人々の話を気にしていませんでした。なぜか、ステッキを少し振っています。不思議なことに、「ちゃり……ちゃり……」という鎖の音がステッキから聞こえます。

レイの耳だけに、「ちゃり、ちゃり……」と答えが帰ってきました。見えない鎖の音は、「らせん」階段を下ったところ、地下室の「王子さまの部屋」の前から出ていました。

「……ところで、『木こり』は、こちらに見えていないのかね？」

「タウロンさんならば、まだ来ていないと思いますよ」とマリー。ペーターも大臣も、うなずきます。

ぎくっとして、レイは、みんなの顔を見回します。

「なぜ、みな『木こり』の名前を知っているのだ?」

「『木こり』が自分で名乗っていましたよ」と大臣。

「『雷の神さまと同じ名前ですね』と聞くと、『そうだよ』とおっしゃっていましたわよ」とマリー。

「あいつめ……あ、いや、あいつが来たら、レイが探していたと伝えてくれんかな?」

「レイさんが探していた、ですか?」

「うん、それだけ伝えてくれれば、わかるから」

レイは、ステッキを手に持ち、すたすたと歩きました。そして台所の扉を開きます。だれも不思議には思いませんでした。魔法の鏡で見ていた王さまを除いて。ステッキは、脚が弱った人が支えとして使うものです。今のレイには、ステッキが必要であるように見えませんでした。でも、王さまを除いて「体の不自由な人」はいなかったため、レイのした「不自然なこと」に気づかなかったのでした。

「そういえば」とレイ、扉からみんなに聞きます、「王子さまはどうしておいでかな?」

マリーも大臣も黙りました。代わりにペーターが話します。

「相変わらず、お日さまが嫌いで、地下室にひきこもったまま外に出ようとしません」

「嫌われたのかな……」とレイ。

「そうかもしれませんね」とペーター、「レイは、本当に、お日さまとそっくりだから」

「そうじゃのう」とレイはペーターの背中をなでようとして、やめました。次にお城に来るお客のことを、レイは、どういうわけか、知っていました。そして、どういうわけか、レイは、その人をお城に来させたくなかったのです。もう時間は、あまりありませんでした。

「では、すまんが、『木こり』によろしく伝えてくれ。できれば、『狩人』には内緒に、な」

レイは、すたすたすたと、お城を出ていきます。

石畳の道を通って、落とし格子戸もくぐりぬけ、跳ね橋も渡って、ずんずんとレイは歩いていきます。

「あいつめ、あいつめ、あいつめ」

とレイは怒ったように、つぶやいています。

「もう脚は、だいぶよさそうではないか」

という声がしたので、ふと、レイはふりかえりました。

王さまが、そこに立っていました。

「クレメンス！」

ぱっと明るい笑顔をレイは見せました。

そして王さまに向き直りました。そのとき、手にしていたステッキは、どこかに消えてしまいました。

レイは、注意深く、王さまの姿を見ました。

「そんなに急がなくても良いではないか」と王さま。ふと、レイはため息をつきます。

そして、王さまではなく、城の塔の、王さまの寝室を見つめました。

レイは、王さまがしたことと同じことをします。つまり、そこに立ったまま、意識を王さまの寝室に集中させます。そして、魔法で、自分の姿を、王さまの寝室に映し出したのでした。

「やっと会いに来てくれたよなあ」

寝たきりの王さまはベッドで寝たまま、にっこりと笑います。湖のほとりに立つレイは、首を横に振りました。すると、王さまの寝室の中に立つレイの姿も、首を横に振ります。

「この魔法は『ちから』を使うから、やめておけ、といっておいたではないか」

「それでは、お言葉にあまえて、失礼する」と王さまは、手を横に振りました。すると、湖のほとりに立つ王さまの姿は、消えてしまいました。

「あのこに会いにきてくれたのか」と王さま、苦しそうな息づかいでレイに尋ねます。

レイの言ったとおり、「その魔法」は大きな「ちから」が必要だったからです。

「あのこ」というのは王子さまのことでしょうか。肌が弱く、日に当たるだけで火傷する、いつも地下室にひきこもっている王子さま。それとも、「あずまや」に住む、王妃さまのことかもしれません。

「うん、そのつもりだった」とレイ、だれのことか確かめずに、あわてた様子で言います、「だが、状況が少し変わった」

くすっという笑い声。湖のそばの、森の中から聞こえたような気がしました。レイは身の毛もよだつように、おそろしいと感じました。

王さまは、もう湖を魔法の「ちから」で見ていませんでした。自分の目で、前に立つレイの姿を見ていました。でも、そのレイの姿も、何かをこわがっているように見えます。

「次の客が来たようだな」と王さま。

「……ああ」とレイ。

とつぜん、王さまは、不思議なことを言い始めます。

「わしは鳥の肉がきらいだ」

レイには何のことかわかりません。でも、王さまの言葉が問題だと感じたので、言いました。

「好ききらいは良くないぞ」

「鳥は、がまんできる」と王さま、「だが、狩人の持ってくる鳥は、なぁ……」

レイには王さまの言いたいことがわかりました。でも、まず王さまの言葉に問題があることを先に言いました。

「ぜいたくは、もっと良くないぞ」

「……狩人を何とかできないか」

王さまは「鳥の肉」よりも、「狩人」が苦手でした。

「伝えておこう」

王さまは笑顔でうなずきました。そして、苦しそうに、レイに言います。

「悪いが、失礼する」

そう言って、王さまは眠ってしまいました。朝からいっぱい魔法を使ったので、疲れてしまったからです。

「無理するなよ」そう言って、寝室のレイの姿は、だんだん、すううっと消えていきました。

ふうっと、湖のほとりのレイは、ため息をつきました。そして、お城を背にして、道の真ん中に立ちます。……遠くから、冷たい足音が聞こえたような気がしました。

……「狩人」は、わしも苦手なのだがなあ。そう考えながら、レイは、目を閉じます。

そして、「狩人」が近づくのを待つのでした。

6

狩人

森の中から、音もたてず、ぬっと、黒く大きなマントと黒く大きな「つば」のある帽子をかぶった人が、現れます。狩人でした。少しうつむきながら歩いてきたので、また帽子があまりにも大きいので、最初は車輪が現れたのかと思うほどでした。

狩人は、少し左に顔をかたむけ、右目でレイを見つめました。黙っています。狩人は、静かに獲物をねらうものだからです。また、その狩人はドルイド（魔法使いの一種）でもありました。ドルイドの言葉は、世界に影響が大きいので、慎重に口を開くようにしていたからでもあります。

レイも黙っていました。レイは、道をふさぐように、立っています。「狩人は道を空けるようわしに頼む」と、レイは考えていました。つまり、レイは狩人の言葉をじっと待っていたのです。

狩人は左手に持つ「とねりこの木」のステッキを、レイに向けました。狩人は、穏やかにレイをたしなめます。

「やりすぎですよ、お父さん」

レイは、少し笑って狩人に言い返します。

「あなたのほうこそ、やりすぎではないのですか、お母さん」

狩人は、白くて長い髪の毛をマントの中に垂らしています。でも、口には大きな、白いひげがありました。たぶん、だれが見ても、「狩人とレイは年が離れていない」ように見えるし、「女の人」には、まったく見えないことでしょう。

狩人は空を見上げました。今まで隠していた顔の左側が、見えるようになります。狩人には左目がありませんでした。

「だれかに聞かれたら、どうするつもりだ？」

レイは狩人の言葉を考えます。「お父さん」「お母さん」と呼び合ったことを聞いたものは……まだ食べ物を探しているスズメ、遠くにいるガチョウ、白鳥、キジ、こわごわ見守っているシカ、そして……風。

「たぶん、だいじょうぶでしょう、たとえだれかが聞いたとしても。それに、お母さん、あなたが本当の『ちから』を出せば、何者もかなわない」

「そのぐらいにしておいたほうが、よいぞ。私は、おまえの息子ということになっているのだからな。レイ、いや、ヤアギロップよ」

レイこと「ヤアギロップ」は、両手を開いて、「とおせんぼ」をします。

「その名を出すということは、だ」とヤアギロップ、「私も、あなたの本名を口にして良いと考えてよろしいのですか、『始めも終わりもなき者』よ？」

「本気か？」と狩人、「何をしようとしているのか、わかっているのだろうな？」

「生命およびレイ（太陽）を司る神ヤアギロップとして、息子、天王星と『黄泉路《よみじ》』を司る神のウォントレクスにお願いしたい。まだ、ヘテカを連れていってくれるな」

「しかしながら今、神々の首座にあるのは、天王星たる、この私だ」とレイにとっては「不気味な」笑みで、狩人こと「黄泉路」の神ウォントレクスは、お城へと静かに向かいます。

「……頼む」とヤアギロップ。

ウォントレクスは、腕の中から五、六本の矢を出しました。

「考えておく」と言って、狩人は、宙に矢を置きました。別に弓につがえて放ったわけではありません。ただ、「置いた」だけです。矢は宙に留まっていました。

すると、不思議なことが起こりました。森の中からはシカとウサギが、空からはキジが、湖のほうからはガチョウが、自分から狩人に近づいてきたのです。……みな、おびえた目をして狩人を見ています。でも、逃げることができません。シカやウサギは目に涙をいっぱい浮かべて、自分から体を矢に投げ出しました。そう、自分の頭や胸を、自分から矢に刺さるように、投げ出したのです。

刺さるべき場所に刺さった矢と獲物は、次々に、ぱた、ぱたと、地面に落ちていきました。

「それを城の者に食べさせるつもりか」と生命の神でもあるヤアギロップ、怒りと悲しみにあふれた声で言います。

「人は、食べなければ、死ぬ」とウォントレクス。

「だから、やりすぎだ、というのだ」とヤアギロップは、目を、血まみれの道から背けました、「おまえは『黄泉路』を司る神ではあるが、『死』そのものの神ではないはずだ」

意外なことを言われたとウォントレクスは思いました。そのとおりの言葉をヤアギロップに言います。

「私が『死の神』ならば、何もこんな面倒なことはしない」

狩猟も司るウォントレクスは、「獲物」を拾い集めていきます。シカは、少し刺すところを間違えたようでした。まだ、息があります。シカの目は必死に、助けを狩人に求めていました。でも、ウォントレクスはシカを見ようともしません。顔を背けるヤアギロップを、見つめていました。

「もしも私が、そうならば、こうする」

ウォントレクスはシカを見ていません。何もしなかったように見えます。でも、「こうする」と言った瞬間に、シカの目からは命が失われていました。……「死のちから」でした。

ヤアギロップはウォントレクスに背を向けました。

よいしょ、とウォントレクスはシカの体を背負います。

「……持っていってもよいが、クレメンスは食べぬぞ」

黙ってウォントレクスはヤアギロップの背中を見つめます。ヤアギロップは言いました。

「クレメンスは、シカも鳥も、きらいだからだ」

「ほかの人が食べるだろう」とウォントレクスは、お城に向かって歩きはじめます。

「待て、天王星」と太陽の神ヤアギロップ。少し遅れてウォントレクスは「何だ？」と答えました。太陽と天王星は離れていたからです。

「おまえは今、『死の神』の『ちから』を使った。ほかの神の司る『ちから』を使うことは、きびしくしかられねばならない。……『神々の会議』は、首座のおまえといえども、きびしくしかることになるぞ」

ウォントレクスは、少し黙って、考えていました。「……わかった」と答えて、獲物を城に運びます。ヤアギロップの姿は、もう、地上にはありませんでした。ただ、いつもと変わらない光を、天から地上に浴びせているだけでした。

狩人は、ふと笑みをもらして太陽を見上げました。そして、堀のふちに立ちます。

じっと待つこと数十秒。城の塔から声がしました。

「あにき！」

狩人は笑顔で、声のほうに手を振りました。

「相変わらず元気そうではないですか、ホディスト将軍閣下！」

将軍は自分の手で、落とし格子戸を上げ、跳ね橋を降ろし始めました。将軍は魔法が「つかえない」ということになっていたからです。また、魔法を使って疲れた王さまは、まだ眠っていたからです。そして、ミクロフォント大臣が「城で働く人」から門番まで減らしたからです。だから、お城では将軍が門番のまねもしていたのでした。

「『将軍閣下』だなんて他人行儀はやめてくださいよ、あにき！」

「あにきよ」と今度は狩人が将軍を「兄」と呼びます、「今日はまた、地下室から塔、塔から堀と、走り回っているようだなぁ」

「うん、そうなのだよ、あにき」と将軍も狩人を「兄」と呼びます。

「獲物をたっぷりとしとめた」と狩人、動物の体を将軍に見せます。

「おお、これはうまそうだ」

「台所を借りるぞ。シカをさばかなくてはな」

将軍は、びっくりしたように、狩人を見ます。そして将軍は、狩人の耳元でささやきました。

「台所仕事？　そのような女らしいことをされては、よくないのでは……？」

将軍は、「お母さん」という言葉を言いそうになったのですが、なんとか言わずにすませました。狩猟と黄泉路と天王星の神ウォントレクスもささやき返します。

「この際、『女』は関係ないだろう、木星よ」

ホディストこと戦略と木星の神ヅデプテルは、うなずきました。

狩人ウォントレクスが尋ねました、「おまえ、雷をどうした？」

ヅデプテルは、本来、雷も司っていたからです。

「タウロンに貸しています」

とヅデプテル。だから、タウロンは土星と農業のほかに、雷も司っていたのでした。

「……『会議』で事情を聞こう」と二人の神は、お城に入り、石畳の道を抜け、お城の台所に入りました。そして狩人は、マリーに大きな声をかけたのでした。

「台所を借りるぞ、マリー」

「まあ、狩人さん、たくさんの肉を持ってきてくださって、とても助かります！」

とマリーはお礼を言います。例によってプレゼントは当然だと思っている大臣は、お礼を言いません。ペーターもお礼を言いません。ペーターは、今回お礼を言いたくなかったからです。「肉は生で、キバで裂きながら食べるほうが、おいしい」と考えていました。ペーターは狼だったからです。

「あにき、料理は、女の仕事だろ？」と将軍。

「しかし、あにき、マリーにシカをさばけるかな？」と狩人、「それとも、マリー、やってみるか？」と包丁片手に尋ねます。

「いいえ」とマリーは首を横に振ります、「シカとかは大きくて、私はまだ、慣れていません。狩人さんは獲物を自分でさばくことが多いでしょうから、ここは、すみませんが、狩人さんにお願いしますわ」

とマリーは狩人の包丁使いを見学することに決めました。手際よく、狩人はシカの腹を割きます。そして、血抜きをして、内臓、肉、骨、皮と、さばいていきます。

「つまみ食いしたらだめよ、ペーター」

「ちぇっ」とペーターはそっぽを向きます。その方向には、将軍がいました。

「そういえば」とペーター、「将軍と狩人は、どちらが兄になるのですか?」

「細かいことは言いたくないなぁ」と狩人は、簡単にシカをさばきながら、たいへん簡単に説明しました。狩人の包丁使いを見つめながら将軍が説明を続けます。

「二人の母親は、違うのでな。正直なところ、どちらが年上なのかは、よくわからないのだ」

「まあ」とマリー、悲しそうに。

「なんと」と大臣、信じられなさそうに、「あのレイが、そんなことをしていたとは」

「でもしかたないのかもしれませんねぇ」とマリー、「あちこちの土地を渡り歩いたと言っていましたから」

じっとマリーと大臣は狩人を見ていました。

「……仕事はいいのか、二人とも?」と狩人が尋ねました。

「あ、そうだ」と二人とも。

「そろそろ町に市がたつころだわ。卵を買い出しにいかなくては」とマリー。

「気楽でいいなぁ」と大臣はコックのマリーを見て思いました。でも、大臣は、これ以上マリーを怒らせたくなかったので黙っていました。

「難しい北の国との、難しい条約の文章を考えなくては」

と大臣は、わざわざ「難しい」という言葉を二度も使って、自分の部屋に行きました。よくわかっていないマリーは銅貨のたくさん入った籠を手に、外に、町へと向かいました。

「ペーター」と将軍、「見張りを代わってくれないか」と言います。城の門の「見張りの塔」には、今、だれもいませんでした。

「わかった」とペーター、のっそりと起き上がります。塔に向かう階段を昇りはじめました。

「くれぐれも、眠るのではないよ」

「わかった」

本当に「わかった」のでしょうか。というのも、見張りにたつ狼というものは、危険を察知しない限り、「半分眠った」状態になるからです。

シカや鳥をさばいた後のテーブルは、血まみれでした。不思議なことに、狩人や将軍の服は血で汚れていません。でも、ここまで読んできた人には、もう不思議でも何でもないでしょう。「寝たきりの王さまが湖のほとりに自分の姿を映し出す」のと同じことを、二人の神さまは、ずうっとしていたのでした。ただ、ウォントレクスのしたことは、もっと難しく、「映像に包丁を持たせて、その包丁で器用に動物をさばく」ということでした。

「うまいものですねぇ」と木星の神。

天王星の神は、くすっと笑いました。

「さて。取れたての肉は、冷たく暗い場所で、少し置いておく必要があるのだが」と狩人。

「あ、それならば私がやっておきますよ」とホディスト。

「将軍自らが肉の保管を？」

やめておいたほうが、と狩人は続けようとしました。

「なあに、将軍自ら門番をするような城ですよ。これぐらいは、私の仕事のうちです」

「いやみか?」と狩人は笑います。

「ええ、金の少ないことを『人減らし』で乗り切ろうとする大臣に対する、ね」と言いながら、よいしょ、と将軍は肉を担ぎました。……自然に、将軍の服は血で汚れます。

「ほう、うまいではないか」と狩人。

今度は、将軍が、にやりと笑う番でした。ここにいる将軍は、木星の神が作り出した映像でした。ですから、普通は、映像を通り抜けて、肉の血はまっすぐ床に落ちます。でも、映像だということがばれないように、ヅデプテルは血が服に染み込む様子を投影しました。また、吸収されるはずの血も、どこかに持ち去っていったのでした。

「肉を運ぶぐらいならば、だれでもできますよ」

狩人は、将軍のこの答えも「賢い」と感じました。というのは、狩人の「うまいではないか」という言葉は「肉を運ぶ」ことを言ったかのように見せかけたうえで、次の狩人の言葉を導いていたからです。

「いや、肉を運ぶのも、それなりのコツが必要で、下手に運ぶと肉をダメにすることもあるのだが……」

何食わぬ顔で、将軍は地下室に肉を運んでいきます、「それもこれも、私があなたの弟だからですよ、狩人さん」

おだてられた狩人は笑いました。

「言ってくれるではないか、あにき！」

ふと、二人の神さまは、地下室の香水のにおいが、強くなったように感じました。

皮をはがれた鳥の肉を両手に持ちながら、将軍が言います。

「ああ、この城の王子、ドヌエルですよ」

「ドヌエル……。ひきこもりの『日陰の王子ドヌエル』か」

「生肉のにおいが強くなってきたので、地下室の香水を魔法で増やしたのでしょう」

「だと良いが、な」と狩人。

「はぁ？」と将軍、地下室から駆け上って、両手にウサギの肉を持ちながら。

「あ、いや、この様子では、城に肉屋は必要なさそうだなぁ、と思ったものでな」と狩人。

将軍は考え込みます。

「たしかに……。でも、城には、しっかりと金の勘定のできる金庫番が必要ではないか、と」

「金庫番の、あてはあるのだろう？」

将軍は、ウサギの肉も地下室に運びました。

「……スクルージか？」

肉を運び終わった将軍が地下室から駆け戻ってきました、「やらせてみても良いか、と」

「……待て」

狩人は『ひとみ』のない左目で、あたりを見渡します。その様子を見たヅデプテルは、ウォントレクスに言います。

「おそらく、聞いている者は、いないか、と」

それでもウォントレクスは確かめます。

ペーターは門の見張りの塔で寝ています。

大臣は自分の部屋の机で、考え事をしてはペンで書いたり消したりしています。

マリーは、市場に入ったところです。

王さまは寝室で寝ています。

王妃さまは中庭で寝ています。

……王子さまは？

「ドヌエルは、地下室の中に、『闇』を作って、その中にひきこもっています」とホディスト将軍こと木星の神ヅデプテル。

「どうしてそんなことをする必要があるというのか？」

地下室に、ふつう、日は入りません。

「クレメンスが」とヅデプテル、王さまの寝室を指さします、「ドヌエルを」と地下室を指さして、「魔法の鏡で、よくのぞいているのですよ。それで、地下室の中を見られたくないドヌエルが、部屋の中に『闇』を満たしている、というわけで」

「だが今、クレメンスは、寝ているではないか」

「魔法の『とき忘れ』でしょう。クレメンスもドヌエルも、かけた魔法をそのままにしておくことが、時々あるので」

「……だと良いが、な」と狩人は中庭を見ました。中庭では、朝日を浴びながら、ヘテカが眠っています。

「……今日、王妃を連れていってしまうおつもりだったので？」と将軍。

獲物を見る目で、じっと、狩人は中庭を見ています。またレイ（太陽）も、じっと城を見ていました。ふと、風が台所をかけぬけていきました。

「今日のところは、いったん帰るとしよう」

「では、こちらへは、肉を届けに？」

「そういうことにしておこう」と狩人は大きな帽子を目深にかぶり、台所のドアを開けました。空気はあまり動きませんでした。

「……うむ」

「また近いうちに立ち寄ってください」と将軍。

「……そうしよう」

さわ、と風が動きました。風を確認したウォントレクスは、もう後ろも見ずに、どんどん、お城から遠ざかります。将軍は、ふたたび門番に戻るべく、塔に昇ります。

フォンタノ城が「人差し指の先」ぐらいに見える場所まで狩人が歩いて来たとき。ウォントレクスの耳に、安心のため息が聞こえました。ふと、ウォントレクスは立ち止まります。そして、お城をにらみました。

「やはり、聞いていたではないか」

とウォントレクスは、門の塔にいる将軍に、魔法で言いました。

「そのようなはずは……」と将軍は言い返します。

「……明らかに、聞こえていたようだぞ」

狩人は、「とねりこの木」のステッキを振り上げます。そして、かつーん、と地面を打ちました。

次の瞬間、狩人の姿は、道路から消えていました。

7　木こり

真っ暗な地下室に「はあはあ」という息の音が響きます。むせるような香水のなかに、少し汗のにおいが混じります。地下室では、汗いっぱいのはだかの男の人がふたり、抱き合っていました。

「だめだよ、タウロン」

「きみばっかり気持ちよくなるなんて、ずるいよ、ドヌエル」とタウロンは王子さまのうなじにキスをします、「今度は、ぼくの番だよ、ね?」

タウロンは自分の上に王子さまをのせ、そして、一つにつながりました。

「どう? どう? 気持ちいいかい? 気持ちいいかい?」

「いまは、だめだよ、だめだってば」

「もう、つれないなぁ」とタウロンは、王子さまの耳元にささやきました。

「だから、だめだって」

「君の体は『だめ』とは言っていないよ。すきだよ、ドヌエル、ドヌエル」とタウロンは王子さまとつながったまま、硬く握りしめます。そして、そのまま、激しく突き上げました。

「だから、だから、待ってと言っているではないか」とドヌエル王子。

タウロンは腰の動きを止めました、「もう、ぼくのことが、きらいになったの？」

「そうではないのだけれども」

「では、どうして？」

王子さまは、理由を、地下室の一角を、示しました。よく見ると、そこには、どこから入ったのか、マントをつけ、帽子を目深にかぶった男の人が立っていました。

タウロンは、あわてて、王子さまから体を離しました。

「この人は、ぼくに用事があるようだから、外に出ておいてくれる？　木こりのタウロンさん」

「二人ともに用がある」とウォントレクス。

「かあ……」と思わずタウロンは口走ってしまいました。タウロンは、自分の「かあ」

と言った言葉（知られざる神々の母、「かあさん」）をごまかそうとします。その男の神さまウォントレクスが「母親」と呼ばれることは、大事な『ひみつ』でした。しかも、そのことをタウロンも王子さまも知らないはずだったのです。

そこで、あろうことか、「考えが足りない」タウロンは、カラスのマネをしました。「かあ、かあ、ぼく、『片目の老人』の、お供のカラスだよぉ」と、ぱたぱたと両手を動かしながら、王子さまと狩人の間を、踊るように、はだかで飛び跳ねます、「ぼくに、おいたをしないでねぇ」

そこまで言って、やっと、タウロンは、もう一つ間違えてしまったことに気づきました。地上の人々にとって『片目の老人』といえば、とくべつに、狩猟の神ウォントレクスを示すことがあったのです。「神さまの名は軽々しく口にするものではない」とほかの神さまからタウロンは、よくしかられていたのです。

さすがのウォントレクスも、少し怒ります。

「こんなに簡単に『ひみつ』をしゃべってしまうとは」

「怒らないであげてください」と王子さま、「ぼく、もう、二つとも知っていますから」

「かあ?」とタウロンは、カラスのマネをしたまま王子さまに尋ねました。

「この人がだれだか、もう知っているのだよ、タウロン」

「かあ!　かあ!　かあ!」とぱたぱたと両手を上下に動かして、カラスのマネをしたまま、タウロンは首を横に振ります。「そんなことを言ってはいけない」とでも言いたそうに。

「何を、知って、いると、言うの、だ」

一語ずつ、狩人は、王子さまに言葉をかけます。そして、ゆらりと、「とねりこの木」のステッキをふりあげました。

こわくなったタウロンは、はだかのまま、壁にすがりつきます。それを見ていた王子さまがつぶやきました。

「ああいう、映像を使った、少しわざとらしい演技が、土星の神タウロンの『みりょく』の一つなのだよなぁ」

震えるタウロン(の映像)を、ウォントレクスは、より深い暗闇で覆いました。だれにも聞かれたくなかったからです。今、王子さまの部屋の中にあるのは、たくさんの書物を載せた書棚、汗をたっぷり吸ったシーツ、ベッド、脱ぎ散らかされた服、王子さまに食事を差し入れに来たタウロンの「食べ残し」、暗闇と、怒るウォントレクス、おびえるタウロン、平然とする王子さま、そして空気だけでした。もう一回ウォントレクスが尋ねます。

「何を、知って、いると、言うの、だ」

王子さまは、はだかのまま、ベッドに座ります。そして、言い始めました。

「あなたこと、ドルイドの狩人さんは、実は、黄泉路と狩猟を司る天王星の神、ウォントレクスの仮の姿」

ウォントレクスは右目で王子さまを、『ひとみ』のない左目で王子さまの書棚を見ました。

「おまえたち人間は、まだ、『天王星』の言葉を知らないはずだ」

「木星のヅデプテルと土星のタウロンが、遠くに隠しているからね」と王子さま。

ウォントレクスは、神々の『ひみつ』を知った王子さまではなく、タウロンをこらしめようとして、ステッキを振り下ろそうとしました。王子さまは、あわてて、言葉を追加します。

「でも、その『ウォントレクス』ですら仮の姿だということを知るものは少ない」

ぴたりと、ステッキは止まりました。そして、ゆっくりと、まっすぐ、上に向かいます。王子さまは、黄泉路の神さまにかまうことなく、続けます。

「太陽の神ヤアギロップ、木星の神ヅデプテル、そして……メシャツ（月）だったかなあ」

「おまえは知るはずがない。『あてずっぽう』で言っておるのであろう?」とウォントレクスが言いました。

王子さまは黙っています。

「……何を知っている?」とウォントレクス。その白いひげは、みるみるうちに縮んで消えていきました。そして、失せていた左の目に、「黒いひとみ」が戻ってきます。右の青い目も、いつのまにか、黒くなっています。

「メシャツが教えたというのか?」

肌の弱い王子さまは、日の光を避けて地下室にひきこもっていました。でも時々、夜には外を歩くこともあったのです。そのときに月の神さまが『ひみつ』を教えたのではないか、とウォントレクスは考えたのでした。

「ちがいますよ。かつて常に眠っていた者、原初の神、『始めも終わりもなき者』にして、『見えざる父』からの永遠にして究極の強姦に復讐するために逃げ出した、『死の支配者』たる女神タラシアよ」

ウォントレクスだった姿の白髪は、すべて真っ黒に変わりました。顔のしわはどんどん消えていきます。胸もふくらみます。そして、「とねりこの木」のステッキだったものは、魂を刈り取る大きな鎌に変わっていきました。

どういうわけか、ごぉと、風が巻き起こります。青白い光を発しながら、長い黒髪をなびかせて、漆黒の長衣をまとった長身の女神タラシアが立っていました。手には、死神のシンボル、大きな鎌を持って。

女神タラシアは、いぶかしく思いました。彼女は、風を起こしていません。どういうわけか、風は、王子さまとタラシアを引き離そうとしています。

「どういうつもりだ？」女神は、王子さまと風の両方に尋ねました。

はだかの王子さまは、問いを無視して、両手を広げてタラシアに歩み寄ります。

「やっと、来てくれたね」

王子さまは背の高い女神に、はだかでしがみつきました。顔をタラシアの胸に埋《うず》めます。少し甘い香りがするのは、腐臭でしょうか。

両手で女神の体を抱きながら、王子さまは「死の女神」に、もう一度繰り返します。

「やっと来てくれたね」

タラシアは、王子さまの体を抱こうとした手を、止めます。無意識のうちに、王子さまの魂を鎌で刈り取ろうとしていたのでした。でも、その前に、理由を聞きたいと思ったから、止めたのでした。

タラシアは、少し王子さまの体を突きました。すると、王子さまの体は、「死の女神」の前にひざまずくように、倒れます。

「すちゃっ」と、大きな鎌が、王子さまの「うなじ」にかけられました。

「どういうつもりだ?」

王子さまは、ふと、タウロンが気になり、タラシアから目をそらしました。……まだ映像を壁にしがみつかせているのだろうか。

タラシアは、いらいらとします。くいっと、大きな鎌の刃を、少し王子さまの首にくいこませます。思わず王子さまは正面のタラシアを見上げます。

「どういうつもりか、と聞いておる」

タラシアの、整った形の美しい顔を、じっと王子さまは見つめながら言いました。

「ご随意に」

「……何だと？」

ゆらりと、タラシアは「死の鎌」を振り上げます。そして、ふと、あやしい笑みをもらしました。

「おまえ、魂を天界に送られるためではなく、『死の深みに落ちて滅ぼされたい』というだけのために、わらわを呼んだのか」

「それもありますが」と王子さま、「どちらかというと、ぜひタラシアさまと取引いたしたく」

「ずいっ」と、タラシアは「死の鎌」の峰のほうを、王子さまの「のどもと」につきつけました。

「死は、なにものとも、取引などせぬ」

「いや、そういうわけにはいかないのではないか、と思いますが」と王子さま、「今一度、私があなたに呼びかけた言葉を、思い起こしていただきたいのです。人界『メゾバル』の者はおろか、天界『ソプラバル』の神々ですら使わなかった言葉があったと思いますが」

それは、この言葉でした。

「『見えざる父』からの永遠にして究極の強姦に復讐するために逃げ出した」

「……究極の強姦とは何か」とタラシア。

「それは、あなたが、よくご存じでしょう。相手の意思に反して姦淫を無理強いすることで……」

「かつーん」と城の地下室の床を、「死の鎌」の峰で鋭く、タラシアがたたきました。

「そのようなことを聞いておらぬ！」

「仮に……『時』と呼んでおきましょう」と王子さま、「もしも名前を言って、呼ばれたと勘違いした神さまが、ここに来たら『まずい』かもしれませんからね。『時』の神さまは、非常に『ちから』の強いかたらしい。強い神さまというものは、自分自身を複数の時間・複数の場所に、同時に現すことができるらしいですね。……そして、もっと強い神さまというものは、自分自身だけではなくて、ほかのものを、複数の時間・複数の場所に同時に現すことができる……。これが、究極の強姦、というものです」

「……何が言いたい？」

「では、もう少し具体的に言いましょう。時の神さまは、あなたを複数の時間に現させた。しかも、閉じた時間の中に、繰り返し。時の神さまも自分自身を複数の時間に現せた。……そして、永久にあなたを強姦し続けようとしたのです。ああ、その究極の『永久強姦』とは何か、との質問でしたね。時の神さまは、閉じた時間の中、つまり終わったと思ったら初めに戻る時間の中で、あなたを犯しながら、殺しました。息絶えたあなたを、そのまま屍姦し続けました。そして、犯しながらあなたを蘇生させます。犯しながら殺し、息絶えたまま犯し、犯しながら蘇生し、また犯しながら殺し、蘇生し……。と、永久に繰り返そうとしたのです。でも、あなたは、ここにいます。ということは、間に、あなたの出産があったのでしょう。永久強姦の間に生まれた神さまは、『現在』を司る神さまです。つまり、『現在』は、『時間』によって、絶えず犯されつづけ、犯されたまま息絶え、犯されながら蘇生させられ、常に『現在』を犯され続けます。あなたは、『時』の神さまの永久強姦から逃れる身代わりに、娘の『現在』を置き去りにしてきた……。違いますか？」

ふっと、タラシアは、ほほえみました。

「ならば、おまえが、わらわの代わりになってみるか？」

「いいえ」と王子さま、「どちらかというと、そちらのほうが」と「死の鎌」を指します。

「ぱしっ」とタラシアは鎌で王子さまの手をたたきました、「気安く指さすものではない！」

王子さまは驚きました。自分の手に傷がありません。傷ができないようにたたいたた……ということは、顔に表れているほど、タラシアは怒っていないと考えられます。

……地下室を吹き荒れていた風が、収まりました。

「おまえの望みは、わらわの望みでもある」

女神は、また、「死の鎌」を王子さまの首にかけました。

「今ここで、おまえの魂を天界『ソプラバル』に送ることなく滅ぼせば、人界にわらわの『ひみつ』を知る者はもうおらぬ」

「そうすると、とある理由で、あなたの仮の姿ウォントレクスを、神さまたちが怒ることになりますよ」

「神々の会議など、わらわの『ひみつ』に比べれば、とるに足らぬ」

「では、天界『ソプラバル』そのものも壊すつもりですか？」

「わらわは破壊と死の司なれば」

「ここはやはり『メゾバル』と『ソプラバル』のため」と王子さまは、床にルーン文字で「じゅもん」を書いていきます、『『時』の神さまを呼ぶことにしましょう。『走り続ける者にして、すべての場所に居《お》り、かつ如何《いか》なる場所にも居らぬ変化、見えざる父よ、われはそなたの名を呼ぶ……』」

ぱしっと、「死の鎌」でタラシアは、王子さまの鉄筆をはじきました。

「待て」とタラシア。

「取引に……」と言いかけた王子さまを女神は、さえぎりました。

「まずは、おまえの、本当の願いを聞こう」

「王妃へテカの魂の半分を返していただきたい」

「それはならぬ」

「では……」と王子さまは、うつむきました、「王妃の魂の残り半分も、連れていってあげてください」

「……それも」できぬとタラシアが言おうとしたとき、王子さまはひとりごとを言いました。

「魂が半分では、反魂《はんごん》の術もきかぬ……」

タラシアは、整った形の黒目を大きく見開き、それから、目を細めました。

「反魂の術？　まさか、おまえが？」

その魔法は神さまでも非常に難しいとされるもので、「黄泉路に旅立った魂を反対に、つまり現世に呼び戻す」という術でした。

「修練さえつめば難しいことではありません。タイミングを間違えると失敗しますが……。まさか、最初から『反魂』をさせないために、魂を半分だけ連れていったのではありますまいね？」

タラシアは、ゆっくりとかぶりをふります。

「それはない。半分残ったのは、『あずまや』の下の、井戸のためだ。『太陽と命の井戸』の、な……。まったく、おまえの家は、神々に少し厄介な泉を、数多くもっていることよ」

今度は、にやりと、王子さまが笑う番でした。

「わが家の名は井戸《フォンタノ》なれば」

神さまたちは、別の神さまの支配するところに「むだん」で入ることを、遠慮します。たとえば、火の神さまは、水の神さまの「領地」に入るときには、あらかじめ「ことわり」を入れます。そうでないと、「神さま」をあがめる人たちが、戦争を起こしかねないからです。つまり、神さまたちは、自分をあがめる人たちのため、またひいては自分自身の「ちから」のため、「よその神さま」の支配する場所に立ち入ることを（ふつうは）遠慮するものでした。

フォンタノ家は、元は、別の名前でした。代々、いろいろな神さまをあがめてきました。そして、神さまに会ったり祈ったりするときは、それぞれの神さま用の井戸で、身を「きよめた」のです。そして、今では、「火」「水」「土」「金」「木」「命」などの名前の井戸を持っています。多くの神さまのための井戸を持っているので、いつしか「フォンタノ」が家名となりました。

フォンタノ家のそれぞれの井戸は、それぞれの神さまの、出張所のような扱いをされることがあります。今、王妃ヘテカは、「命の井戸」に作られた「あずまや」に住んでいます。つまり、死の女神タラシアは、「あずまや」に住むヘテカに手出しをすることを「遠慮」すべきものなのです。

「死の鎌」の柄で、いらいらと、こつこつとタラシアは地下室の床を何度も打ちます。

「いかに神が『がまんづよい』からといって、いい気になるな。あの井戸など、なんとでもなるのだぞ」

そうです、それは、あくまでも「遠慮」だったので、やろうと思えば簡単に「死の鎌」が井戸ごと「あずまや」を壊すことでしょう。

「順番が逆ではあるが、先に、タウロンをこらしめておくとするか」

とタラシアは、「死の鎌」を、タウロンのおなかにつきたてて、自分の正面まで引きずり出しました。

「やめて、やめて、かあさん！」とタウロンは、ひきずられながら、もがき苦しみます。

「なに、おまえが感じるほど痛くはない。罰として、ただ少しばかり、『影』を傷つけるだけだ。……もっとも、しばらくは影が崩れて、見られた姿ではなくなるが」

「やめてください！」

とタウロンと王子さま、同時に。

「少し待て。用もないのにわらわを呼んだ王子は、すぐ、タウロンのあとで、こらしめてやる」

タラシアは、ずいっと、もう少しタウロンの映像に、「死の鎌」を食い込ませました。

血や内臓は出ません。というのも、それは映像だったからです。でも、タラシアの鎌は、映像といえども、痛みを（本体にも）もたらしているようでした。

「やめて、やめて、やめて……」

タウロン（の映像）は、涙を流して、もがいています。

「みんな、あなたの、自作自演だ」と王子さまが言いはじめました。

「……何だと？」

「そうだよ、そうだ。だって、あなたは『死の神』ではないか。……そうだよ。だから、ウォントレクスだったのだ。それに気づかないとは、ぼくもばかだったなぁ」

鎌の石突《いしづ》きで、「かつかつかつ」とタラシアは、床を何度もたたきます。

「だから、何が言いたい？」

「世界の終わりの日に神々の戦いを起こすために、仮の姿のウォントレクスが首座にある。人や神が相討ちしていく中、人や神さまの魂を、みなあなた自身の食料にしていくつもりだ。つまりは、手際よく、自分自身の『ちから』をたくわえて、早く、ゼネクスに復讐したい、ということだ」

ぎくっと、タラシアは、天井を見上げました。ゼネクスというのが「時」の神さまの名前だったからです。

「……良かった、あのものには聞こえなかったようだ」とつぜん、タラシアは王子さまの「のど」をつかんで、宙に持ち上げます、「もう一度その名を口にしてみろ、予定を繰り上げて、すぐにでもこの世界を終わりにしてくれるぞ」

ぽいっと、タラシアは軽く王子さまを投げました。王子さまの体は、どさっと、ベッドに沈み込みました。

王子さまは、げほげほと、むせています。神さまの腕の「ちから」よりも、冷たさに、むせたからです。タラシアは、自分の黒い長衣の「すそ」を、ついと持ち上げました。

「どうしてくれる？　この姿になったからには、百や二百の魂を刈ったとて、足りぬぞ」

「それでも、天王星なり『ソプラバル』なりに、お帰りいただかなくては」と王子さま、「ヘテカの魂の半分を返さない、残りの半分も連れていかないというのであれば、今のところ用はございません。……『時の神』の名にかけて」

　タラシアは、大きく、目を見開きます。左の黒目は、消えていきます。右の『ひとみ』は、だんだん青みを取り戻しました。「ぶわっ」と髪の毛が広がったかと思うと、黒い髪は真っ白に変わりました。一瞬で、ひげが口とあごを覆います。左手の鎌は、「とねりこの木」のステッキに、そして右手には大きな帽子。

「この借りは」とタラシア、若々しい女神の声で言います。「……高くつくぞ」と、年寄りの男の声で、続けました。タラシアは、ウォントレクスに戻ったのでした。

「この次に起こる戦いに死ぬ者の魂で、かんべんしていただきたく」と王子さま。

「フォンタノ城の兵士といえば、もう、将軍として私が貸しているヅデプテルぐらいしか残っていないではないか」

「フォンタノ城はおろか」と王子さま、「このロスマンの盆地からは、天界に魂を送られる人は、出ないと思いますよ」

　ずいっと「とねりこの木」のステッキをウォントレクスは王子さまののどにつきつけました。

「では、おまえ、私への借りはどうするつもりだ？　百や二百の魂では足りぬと、言ったであろうが」

思わず、王子さまは頭を抱えます、「いったい、どうやって『やくそく』の女神テフェアを奥さんにしたり、十二人もの娘たちを作ることができたりしたというのです、ウォントレクスさん？」

にやりとウォントレクスは笑いました、「ひみつだ……」そして、「かつかつ」とステッキで地下室の床をたたきます、「わたくしの『ひみつ』は、もうよい。おまえは、どうやって、借りを返すつもりだというのか」

「人界メゾバルから、およそ二百万人分の魂で、かんべんしていただきたく」

「それだけの人数ならば、天界に送る『勇者の魂』を選び出すのも難しかろう。『死の鎌』に滅ぼされるべき魂も、数多く出るにちがいない。……待て」

ウォントレクスの姿を見ていた王子さまは、ふと気づいて、しきりに計算していました。そして首を傾げています。ウォントレクスは「とねりこの木」のステッキで、王子さまの鉄筆をおさえました。

『『フォンタノ城』『ゲンフ城』『熊城』『四つ湖城』『帰らずの城』の五つの城とそれぞれの領地のロスマン盆地全人口を合わせても、二百万に届かぬぞ」

「だから、ロスマンから魂を出すつもりはないと言っているでしょう」と王子さま、「そんなことよりも、変なことがあります」

「まず私の問いに答えよ。どこから二百万人の魂を刈り取れというのだ？」

「ああ、その数ならば、二百万では少なすぎるかもしれません。ぼくの予想では、北の国のどちらかがロスマン盆地に攻めてくるでしょうからね。そんなことよりも……」

「待て。生活のすべも足りぬゆえ外国へ兵隊の出稼ぎに出て行くようなロスマンの地で、それゆえ兵隊も足りぬロスマンの地のフォンタノ城が、よりにもよって北の大国二つのいずれかと戦争するとでもいうのか？」

王子さまは、いらいらとして、さえぎりました。

「次の戦争は、ロスマンが起こすのではなく、北の国がロスマンに、このフォンタノ城に攻めてくると思うのですよ。神さまの『井戸』を自分のものにするために。……

ところで、あなた、今、何をしました？」

ウォントレクスは答えませんでした。王子さまが問いただします。

「あなたは、一度姿を変えて、元の姿に戻りました。私は、そのとき、胸のふくらみと『におい』を確認しています。……ということは、ここにおいでのあなたは、神さまの映像とはいえども、ある程度実体があったことになる。私の理解するところでは、物が壊れるときには、大きな熱や音が起こるはずだ」

「熱と音だけではないが、な」とウォントレクスは、ふと、笑いました。

「とにかく」と王子さまは鉄筆でベッドのふちをたたきました、「あなたが姿を変えたときに、熱や音は感じられませんでした。……あなたは、それをどこに隠したというのですか？」

「おまえの毒となる熱などをさえぎったものに、気づかなかったというのか？」ようやく、ウォントレクスは、王子さまに優越感をいだきました。というのも、王子さまを守り続けた「もの」をウォントレクスは知っていたからです。

「おまえは、良き味方をもった」とウォントレクス。

思わず、王子さまは、床に苦しそうにうずくまるタウロンを見ます。

「ちがうよ」と何かが、王子さまの耳元でささやきました。

「その味方を、せいぜい、大事にするがよい。その『もの』は、後世、『あってもなくても同じ』という意味で使われるようになろう。しかし、その『もの』は、実は、大きな『ちから』を秘めた『もの』なのだ……」

「ちがうよ」と、また、王子さまの耳元で何かがささやきました。

「ちがわぬ」とウォントレクス。

抗議するかのように、風が、はたはたとウォントレクスの衣をはためかせました。

「おまえは、おまえの『借り』を忘れるではないぞ、ドヌエル」とウォントレクスは、王子さまに背を向けました。「タウロン、おまえは、しばらく、ここに来るのを、ひかえろ。おまえがいると、単純な話も、複雑になってしまう」

タウロンの答えを待つ間もなく、ウォントレクスの姿は、かききえていました。

ドヌエル王子さまは、泣いてうずくまるタウロンを助け起こしました。

「痛いのかい？　タウロン？」

「うん。……痛いよ」とタウロンは泣きながら、王子さまにしがみつきました、「おなかではなくて、心が。ウォントレクスが来るなと言うから、しばらく、ここには来られない……」

「ウォントレクスが言っていたのは『しばらく』ではないか」

うらめしそうに泣きながら、タウロンは王子さまの顔をのぞきこみます。

「神々の『しばらく』というのは、人の一生よりも長くなると思うよ……」

タウロンは、また、王子さまにしがみついて泣きました。王子さまは、なぐさめるように、ぱたぱたと肩をたたくようになでて、言います。

「ぼく、きっと忘れないよ。木がかわいそうと泣きながら木を伐《き》っていた木こり、木と土星の神さまタウロンのことを」

「ぱぁっ」と明るい笑顔になって、タウロンは王子さまに言いました、「うん、また近いうちに来るよ」そして、タウロンは、ドアのほうに歩いていきます、「またね！」

服の映像を着ながらタウロンは、ぱたんとドアを閉めて、王子さまの地下室から出て行きました。

「……『ソプラバル』に帰らなくて、タウロン、だいじょうぶなのだろうか」と王子さまはひとりごとを言います。

「本当にあぶないところだったのだよ。だから、自分の心配をしたら、どう？」と声が王子さまの耳元でささやきました。風が、さわっと、王子さまのほほをなでます。

「……風？」

「知らない」と言って、風が王子さまの耳元から去ろうとします。でも、思い出したように、またドヌエル王子の元に戻ってきます。そして、王子さまの耳元で答えました。

「ちがうよ」

王子さまは、暗い部屋のまわりを見渡します。でも、声の元となるようなものは、見当たりませんでした。

8　レスコルムのお姫さま

タラシアがタウロンをこらしめてからおよそひと月のちのこと。じゃん、じゃん、じゃんじゃかじゃん……と、遠くから音楽が聞こえてきます。

「ばうっ」と驚いて、見張り塔のペーターが起き上がりました。ペーターは塔から駆け降りて、台所に走りました。

台所では、木星の神ヅデプテルが、じっと座っています。

「ホディスト将軍、たいへんだ」とペーターがほえます、「何かがおおぜいで、この城に近づいてくるよ」

ホディスト将軍ことヅデプテルは、目をつむり、黙ったまま腕を組んでいます。戦略は黙って練るものだったからです。

市場に買い出しに行っていたマリーも、台所に走りこんできます。そして将軍に叫びました。

「たいへんよ、将軍、ゴブリン（鬼）よ！　ゴブリンが、市場に出たわ！」

「ゴブリン？」と将軍は目を開きました、「森にはエルフ、岩山にはノーム。ゴブリンなど、どこにでもいるではないか」そして、また将軍は目を閉じました、「驚くようなことでもあるまい」

「いや、それがな」とマリーといっしょに台所に走りこんだスクルージが言います、「そのゴブリンは、あろうことか、レスコルムの軍服を着ていたのだぞ」

ロスマンの国の北では、二つの大きな国が争っていました。西側の国をガロンヌといい、東側の国をレスコルムといいました。

「レスコルムだと！」とミクロフォント大臣が立ち上がりました、「ありえない！　レスコルム軍がロスマン盆地に兵を出すなど……」

というのもロスマン盆地の国々は、二つの国に対して（どちらにもつかない）中立だったからです。「中立の国には軍隊で攻め込まない」という約束があったので、大臣は驚いたのでした。

「じゃん、じゃん、じゃんじゃかじゃん」という音楽は、狼だけでなく、人の耳にも聞こえるほど大きくなってきました。

「あ……あれは」と大臣は椅子に座り込んでしまいます、「レスコルムの軍楽隊……」

「そうだな」と将軍は言います、「だが、そのわりには音が小さい。攻めてきた、というほどの数ではなさそうだ」そして、将軍はまた、腕を組んで目をつむり、黙ってしまいました。

「それにしては」とスクルージが言います、「なぜガロンヌの方角からレスコルムの軍楽隊がやってくるのだ？」

ガロンヌがレスコルムに降参したからです。

「むう」と将軍が目を開きました、「それは、なかなか、難しいことになったなあ」

レスコルムに攻められればガロンヌの、ガロンヌに攻められればレスコルムの援軍を、将軍は期待していました。もう、ガロンヌの援軍は期待できそうにありません。

雪空に、深紅の地に金色グリフィンの染め抜かれた旗が、いくつもひるがえります。レスコルムの軍旗でした。軍旗を掲げるのはトロールの一団です。トロールに続いて、ドワーフやコボルト、ゴブリンの一団が続きます。これらは「さきがけ」のものたちでした。

馬に乗ったエルフたちが続きます。エルフたちは弓をたずさえて、まわりに目を光らせています。内側のものを守るためでした。

エルフたちの内側で、オーガたちのかつぐ輿《こし》が、しずしずと進みます。

輿の中では、なめらかな絹のドレスを着た女の子が、クッションの上で横たわっていました。女の子は、手にしたフォンタノ城の銅貨をじっと見ていました。

「もうすぐ、あなたは、私のものよ」ふふふふっと、女の子は銅貨に描かれた王子さまに、笑います。女の子の名前はイルマ。イルマはレスコルムのお姫さまでした。

お姫さまの輿の後ろには、立派なよろいをつけた騎士の一団が続きます。騎士の一団は、湖の向こうまで続くように見えました。

「止まりなさい」とイルマはオーガたちに命じます。レスコルムは「人食いの鬼」オーガも手なずけるほどの強い国だったからです。

「ああ、どうしよう、どうしよう」と大臣はあわてました。「ああ、こんなことになるのならば、兵隊の数を減らすのではなかったのに」と言いながら、大臣は台所をおろおろと歩きまわりました、「いったい、どのくらいのレスコルム兵がやってきたのだろう？」

今回は単なる「話し合い」のために来たので、およそ百人ほどでした。

「攻めてくるつもりは、ないようだな」と将軍が言います。

「そうですか」とマリーは、ほっと、台所の椅子に座りました。

「もっとも」とスクルージも座りながら言います、「攻めてきてくれたほうが、良かったのかもしれなかったがな」

黙って将軍がうなずきました。

「門を開けなさい」とイルマがエルフたちに命じました。門はフォンタノ城のものでしたが、レスコルムのお姫さまにとって「外国の城の門」も「自分の国の城の門」も「同じようなもの」でしかなかったからです。

魔法の鏡で見ていた王さまが、イルマの声を聞き取って、台所の人たちに言いました、「門を開けなさい」

台所の人たちは顔を見合わせました。将軍は、「これから外国のお姫さまに会うというときに、ちからを使った仕事をすべきではない」と考えていたので、見張りの塔に行こうともしません。ペーターは狼です。落とし格子戸と跳ね橋の綱をうまく引くことができません。マリーとスクルージは、ちからが弱かったので、やはり綱をうまく引くことができません。

「王さま」と将軍、「魔法で、門を開けてください」と天井に向かって言いました。

王さまは、将軍の願いごとを聞きませんでした。王さまは、レスコルムのお姫さまを迎えるまえに、あまり魔法を使いたくなかったからです。

「王子さま」と将軍が台所の床を見ながら言いました、「魔法で、門を開けてください」

王子さまも、将軍の願いごとを聞きません。王子さまはイルマに会いたくなかったのです。以前に会ったときに「ずきん」を取られて、火傷をしたことがあったからです。

「では、門を開くことは、できないなあ」と将軍が、ひとりごとを言いました。

「そんな！」と大臣が大声を出します、「今、城の門を開けなければ、レスコルムに『攻めてください』と言っているようなものではないですか」

「それでも良いが、な」と将軍こと戦略の神ヅデプテルは言います。

「良くないだろう?」とスクルージが将軍に言いました、「たいへんなお金がかかってしまうぞ?」

「門を開けなさい」と、もう一度、お姫さまが言いました。エルフたちは困っています。外から城の門を開けることができなかったからです。また、今日は「話し合い」のために来たため、「戦いの準備」をしていなかったからでもあります。

「はいはい、ただいま、ただいま」とミクロフォント大臣が、見張りの塔に走っていきました。そして、大臣自らが重い綱を引いて、落とし格子戸を開け、跳ね橋を降ろしました。「ああ、こんなことになるのならば、門番までやめさせることはなかったのに」と言いながら。

「よろしい」と言いながらお姫さまは輿を降りて、跳ね橋から、お城の中に入りました。

大きな剣を腰にたずさえて、将軍が中庭でお姫さまを迎えました、「フォンタノ城にようこそ、イルマ・イハナ・ヴ・レスコルム王女殿下」そして、うやうやしく、将軍は頭を下げます。

「クレメンス一世陛下は、どこよ?」とお姫さまは見回しました。

「あ……あいにく」と大臣、見張りの塔から駆け降りながら、お姫さまに答えました、

「病気で伏せっておりまして」

お姫さまのおそば近くにつかえていたエルフが、そっと、魔法の鏡をイルマにさしだします。

魔法の鏡には、ベッドに寝たきりの王さまが映っていました。鏡の中の王さまは、少し、イルマに向かって手を振りました。

「……どうやら、そのようね。それで、皇太子ドヌエル・ハンス殿下は、どこよ?」

エルフは少し魔法の鏡を振りました。何も映りません。……真っ暗闇です。

「どこよ?」とお姫さまは将軍に聞きました。

「以前お顔に受けた火傷を治すために、地下室で寝ておいでです」と将軍は答えました、「それにしても、今日は、何のごようでしょうか、王女殿下?」

「用件を話す前に、少しのどがかわいたわ」とお姫さまは言います、『井戸』を使わ

せてもらうわね」とお姫さまは、中庭の「命の井戸」に向かって歩きはじめました。

「あ！　そこは、ただいま、王妃が使っておりますので！」と大臣が言います。しかし、将軍が大臣をさえぎりました。

かまわず、ずんずんとお姫さまは井戸に向かって歩きます。

「何よ、これ?」とお姫さま、「あずまや」の衝立を見て不思議に思います。ペーターが「あずまや」に駆けつけました。

「むっ！」とエルフのひとりが、弓に矢をつがえて、ペーターをねらいます。狼がお姫さまを襲おうとしているように見えたからです。でも、別のエルフがさえぎりました。ペーターがガラスの引き戸に前足を乗せたので、「狼はお姫さまを襲わないだろう」と考えたからです。

「開けるのにコツがいるのですよ」とペーター、「あずまや」のガラスの引き戸を開きました。

「ありがとう」と言ってお姫さまは「あずまや」の中に入りました。

「あなたは、だあれ?」と王妃へテカ、銅貨のコインを作りながら、お姫さまに言います、「そこは寒いわ。戸を閉めて、こちらの暖かい火にあたったら、どう?」

「ありがとう。わたし、イルマよ」とお姫さまが答えます、「でも、王妃ヘテカ陛下、以前、お会いしましたでしょう?」

魂の半分ない王妃ヘテカは覚えていません、「あ、わかった。あなた、私のだんなさまドヌエルの、お姉さん、でしょう?」

そうだったら良かったかもしれないなあ、と考えながら、お姫さまは井戸の前にしゃがみます、「違うわ。……ねえ、井戸の水を使わせていただいてよろしいかしら?」

「ええ、どうぞ、お姉さま」と王妃ヘテカが笑いました。

「ああ、おいしい」とお姫さまは「命の井戸」の水を飲みます。お姫さまを見ていた王妃さまは、とつぜん、変なことを言いはじめました。

「あなた、わたくしといっしょに、ここに住むの?」

思わずお姫さまは、手にした水を、こぼしてしまいました、「……違うわ」

「わたくし、わかるのよ」と王妃さま、「わたくしとあなた、ここでいっしょに住むようになるのよ」

「違うわ」とお姫さまは繰り返しました。

「そうなるのよ」と王妃さま、「そのときは、よろしくね……」

見ると、王妃さまの残りの魂も、宙をさまよっているように、ぐらぐらと首を振っています。

お姫さまは、「あずまや」を出ました。寒くならないよう、ペーターが引き戸を閉じます。引き戸が閉まったことを見届けて、太陽は暖かく「あずまや」を照らし出しました。

「私の用件は、ただひとつ」とお姫さまは、みんなに言いました、「春になれば、『日陰の王子』ドヌエル・ハンス・フォンタノをもらうわ」

「もらうって……」と大臣が絶句します。

「レスコルムに連れ帰って」そこでお姫さまは顔を赤らめました、「私の婿になってもらうわ」

「お申し出はありがたい」と将軍こと戦略の神ヅデプテル、「しかし、われらの王子ドヌエルは、クレメンス一世陛下の、ひとりっ子であらせられる」

「私もひとりっ子よ」とお姫さま。

「そのとおり」と大臣はお姫さまの言葉を聞かずに、将軍にうなずきました、「わが城の跡継ぎであらせられるため、たとえ大国レスコルムといえども入り婿のかたちで城を離れられるわけには……」

「ことわっても良いのよ」とお姫さま、「その代わり、この城を剣と魔法と弓矢で、攻め落としてあげるわよ」

ぐっ……と大臣は声をつまらせました。

「そうしても良いのよ」とお姫さま、「そうすると、この城も、この城の井戸も、全部レスコルムのものになるわね。はっはっはっ」

そうはさせない、と将軍は言いそうになりました。しかし黙っていたほうが「賢い」と思ったため、将軍は黙っていました。

「まあ、春まで時間をあげるから、よく考えておいてよ」

「……おそらく、おことわり申し上げるかと思いますが」と将軍こと戦略の神ヅデプテル。

「春までに、よく考えておいてね」とお姫さまは、くるりと背を向け、跳ね橋から外に出てしまいます、「帰るわよ、みんな！」

　そしてお姫さまは輿に乗ってしまいました。

「じゃん、じゃん、じゃんじゃかじゃん……」とレスコルムの軍楽隊が北東へ遠ざかっていきます。

「ああ、困った、困った」と大臣、「こんなことになるのならば、兵隊を減らすのではなかったのに！」

「大国レスコルム相手では、兵隊を減らさなくても同じことだったろう」と将軍がたしなめます。

「いったい……どうするね？」とスクルージ、将軍に尋ねます。

「どうなさいますか、王さま？」と将軍、城の塔に尋ねます。王さまは答えません。聞いていなかったのではなく、答えたくなかったからです。

「どうなさいますか、王子さま？」と将軍、地面に尋ねました。

「ぼくが城を離れるのは困る」と王子さまの魔法が、将軍たちに答えました。

「困ります！」と大臣、「お姫さまの申し出をことわると、レスコルムとの戦争になってしまいます！」

「それも良い」と将軍、「しかし……。かなり難しい戦争になってしまうだろう」

「将軍と木こりと狩人さんがいても勝てませんか？」と王子さまの魔法が将軍に尋ねます。王子さまの言ったのは、三人とも、神さまでした。

「ガロンヌさえ降参していなかったらなあ」と将軍が言います、「それならば何とか五分の戦いに持っていけたものを……」

「そうですか……」と王子さまは地下室のベッドで、うなだれました。

さわさわと、王子さまの顔を、風がなでました。

「だいじょうぶだよ」

と声が、王子さまの耳元でささやきます、「わたしがついているよ」

「……きみは、だれ？　姿を見せてよ？」

風が、ついと、王子さまの元を離れます。思い直したのか、耳元に戻ってきました。

そして、王子さまに言いました。

「わたしは、あなたの味方。夜になったら中庭においで……。姿を見せてあげる」

そして、声は、王子さまの耳元から、離れていきました。

9　王子さまの味方

寒い夜になりました。冬だったからです。あたりはあまり明るくありません。その夜は新月だったからです。

それでも王子さまは、「ずきん」と「闇」をかぶったまま、中庭に出ました。月明かりでも火傷することがあったからです。

王子さまは、そっと歩きます。中庭の「命の井戸」の「あずまや」に眠る王妃さまを起こしたくはなかったからです。

白くぼんやりとした姿が、中庭の花壇のところに見えました。そっと王子さまは、その女の子の姿をした「もの」に尋ねます。

「きみのことなの？　ぼくの味方って？」

「そうよ」と姿はふりむきました。王子さまは思わず、その姿をした「もの」に近寄りました。それは、かわいらしい女の子の姿だったからです。

「だめ」と女の子の姿をした「もの」が言いました。というのも、王子さまが女の子の姿をした「もの」を抱こうとしていたからでした。

「どうしてだめなの？」と王子さまは笑います。そして女の子の姿をした「もの」の手を取ろうとしました。……取ることができません。

「わたしは『空気』」と女の子の姿をした「もの」が王子さまに言いました。

「変わった名前だね」と王子さまが、その子の手を取ろうとしました。……やはり取ることができません。

「だって」とその子が言います、「わたしは空気なのですもの……」

王子さまは、少しがっかりしました。女の子と思ったそれは、人ではなかったからです。

「すると、きみも、神さまなの？」

「まだ神さまになっていないの」と空気、「わたしは、ただの妖精」そして、空気は夜空を見上げました、『神さまになったら』と言ってくれるかたもたくさんいるけれど、わたし、まだ神さまになるつもりはないの……」

ふっと笑いながら、王子さまは花壇に腰かけました。椅子がなかったからです。大臣が中庭に使うお金まで減らしたので、中庭に椅子などなかったのです。

「きみがぼくの味方だって？　どうして？」

「そうだったかな」王子さまは、そのことを覚えていませんでした。

「わたしのことを必要だって言ってくれたことが、あるよね？」

「わたしのことを好きだと言ってくれたことが、あるよね？」

「そうだったかな」やはり王子さまは、そのことを覚えていませんでした。

「あなたが覚えていなくても」と空気、「わたしは、あなたのことが好きよ」

「ああ、そう」と王子さまは、花壇に腰かけたまま、自分の頭を抱えてしまいました。

空気が味方になったからといって、フォンタノ城の助けになるとは思えなかったからです。

「きみに、何ができるの？」

空気は少しむくれました。ばかにされたと思ったからです。

「太陽の神さまヤアギロップは、わたしの弟」と空気、「わたしがいないと、物は燃えることもできないわ」

「ではフォンタノ城落城のおりには、きみがいないほうが良いのかもしれないなあ」と王子さまは笑いました、「すると落城のときに火事になることもなさそうだし」

「落城させないわ」と空気、「だって、わたしは、あなたの味方よ」

ふふっと王子さまは笑いました。王子さまの息は白くなっていました。冬の夜で、まわりは寒かったからです。

「あまり役にたちそうもない味方だな」

「でも、それ……」と空気は、王子さまの白い息を示しました、「わたしよ。息をするのに、わたしが必要よ」

「と言われても」と王子さま、「君がどうお城を助けてくれるというの？　空気が『ぜいきん』をお城におさめてくれるの？」

「そういうことは、できないわ」と空気が答えました。

「空気が『よろい』を着て、槍や刀を振りまわして戦ってくれるというの？」

「そういうこと……」はできないと言おうとして、空気は思いなおしました、「ならば、できるかもしれない。あまりうまく動かすことはできないと思うけれども」

はははっと王子さまは笑います、「うまく動かすことができない！　困った味方がいたものだなあ！　そんな兵隊が百人いても、ホディスト将軍の役にたちそうもないよ」

「わたしひとりさえいれば」と空気、「将軍も兵隊さんも、いらないぐらいだけれども？」

よくわからない王子さまは空気に答えました、「フォンタノ城を落城から救おうと思ったら、ぜんぜん足りないと思う」

「そう……」と空気は、うつむきました、「それほど言うのならば、もうひとり、わたしのともだちを味方に呼んでもよいけれど」

「どのような頼りない味方を呼ぶつもり？」と王子さまは少し空気をばかにしました。

「ダーラヤヴァウシュ」と空気が答えます。

王子さまは真顔になりました、「ダーラヤヴァウシュ？　あの『帰らずの城』の？」

「ええ」と空気は答えます、「あのこも、わたしのともだち」

「それは……強力な味方だ。でも彼ひとり増えたからと言って、北の大国二つに勝てるとも思えないけれども」

「まだ、あのこがあなたに味方するとは言ってないわよ」と空気。

「でも、今、きみが……」

「わたしは、あのこをあなたに紹介するだけ。味方になるかどうかは、あのこが決めること」

「ならば、味方になってくれそうもないなあ」と王子さまは頭を抱えました。

「でも」と空気が王子さまに言います、「一度、会って、頼んでみたら？　味方になってくれるかもしれないよ？」

「会う？　どうやって？」

「あなたが、『帰らずの城』まで行って、会って頼むの」

「太陽の光があるから、外は出歩きたくないなあ。それに城の中が暗いとはいっても『帰らずの城』だよ？　行ったら帰ってこられなくなるかも」と王子さまは迷います。

「夕方に行けばよいでしょう」と空気が言います、「夕方ならば、頭にかぶる闇のちからも昼間より少なくてすむわよ。それに、やってみなければわからないでしょう？」

「……そうだね」と王子さまは空気に答えました。

10

帰らずの城

そのお城は、山の「がけ」と「どうくつ」を利用して、造られていました。その山では鉄が取れたので、どうくつの中では、たくさんの人が、いっしょうけんめいに働いています。

あんまりいっしょうけんめい働きすぎたので、かなづちを持ったまま寝ている人がいます。そばの人が寝ている人をたしなめました。

「おい、寝るな！　寝ると、死んでしまうぞ」

「そうだぞ」と別の人もたしなめます、「そこで寝ていると、王さまに食べられてしまうぞ」

寝ている人は、寝たまま、手足をばたばたさせました。起き上がるのもつらかったからです。

「おら、もう、こんな仕事いやだあ！　村さ帰りてえ！」と寝ている人が叫びます。

「よくわかった」と大きな声が、どうくつに響きました。ぶわっと、大きな影が、その人たちを覆います、「それほどいやならば、わしがおまえを食べてやろう」

「いやだ、いやだ！」と寝ている人は叫びながら、かなづちをダーラヤヴァウシュにぶつけます。かなづちは、ダーラヤヴァウシュの固いうろこに当たって、「がきん」と跳ね返されました。

「ダーラヤヴァウシュさま、このものは、疲れただけです。どうか、許してあげてください！」

「ダーラヤヴァウシュさま、どうか許してあげてください！」

と、人々は地面にひれ伏して、ダーラヤヴァウシュに「食べないよう」頼みます。

「許さぬ」がぶりと、ダーラヤヴァウシュは、寝ていた人を食べてしまいました。がりがりっと、骨まで噛みくだいてしまいます。

「ふうむ」とダーラヤヴァウシュは、みんなにはあまりよくわからない言葉をつぶやきました、「成果給制度にして以来、人間の味が落ちたような気がするのは、気のせいか……」

がりがりと、大きくとがった歯と牙で噛みくだきながら、ダーラヤヴァウシュはつぶやきます、「ふむ……ふむ……。いや、気のせいではないな。肉に厚みがなく、骨が弱くなってしまった。……制度を考えなおさねばならぬか」のっしのっしと、かぎづめの生えた大きな足を動かしながら、宝物の山のうえに、ダーラヤヴァウシュは歩いていきました。

なかまを食べられてしまった人たちは、かなづち、のみなどの道具を取り落とし、体を寄せ合って、ぶるぶると震えています。

くるっと、宝の山のうえで、ダーラヤヴァウシュはふりむきます。そして、翼を広げて、口から少し炎をはきました、「おい、おまえら、何をなまけている?」

「ひえええ!」となかまたちは、よけいに震えあがります。

「さっさと仕事に戻れ!」とダーラヤヴァウシュがほえました、「さもないと、おまえらも、食べてしまうぞ!」

「ひえええ!」となかまたちは、あわてて仕事に戻りました。

「まったく、どいつもこいつも、なまけようとしおって」と言いながら、ダーラヤヴァウシュは大きな体を宝の山のうえに寝そべらせました。

ダーラヤヴァウシュはドラゴンでした。ドラゴンは、光り輝く宝物が大好きでした。だから、ドラゴンは宝物をたくさんたくわえていたのです。

でもロスマンの人たちは、みな貧しく、日々の食べ物を買うお金にも事欠きました。人々の中には、「ドラゴンの城」につかえることによって、食べ物を買うお金をドラゴンからもらおうとするものも、いました。今ドラゴンに食べられた人のなかまたちは、そういう「ドラゴンの下で働く人たち」だったのです。

でも、ドラゴンの下で働くことは、たいへん勇気のいることでした。食べられるか、ドラゴンに気に入られるようにいっしょうけんめい働くかしかありません。いずれにせよ、そのお城に入ると最後、もう二度と家に帰ることはできそうにありません。だから、人は、ダーラヤヴァウシュの城を「帰らずの城」と呼んだのでした。

「あのう、王さま」とおずおずと、ひとりの人が宝の山に近づきます。

「おまえも食べてしまおうか?」とダーラヤヴァウシュが、その人に尋ねました。

「とんでもない！　あのう、王さま、城の外に変なものが飛んでいるのですが」

ダーラヤヴァウシュは魔法の鏡を見ました。城の外には、魔法のじゅうたんが飛んでいました。魔法のじゅうたんに、闇のキノコと空気が乗っていました。

「ああ、空気から連絡のあった、フォンタノ城の王子ドヌエルか」と言ってダーラヤヴァウシュは、ぷいっと顔を背けました、「しかたがない、通せ」

「なあ空気」と闇のキノコが空気に尋ねます、「だいじょうぶかい？　もう帰ろうよ？」

「だいじょうぶだよ」と空気が答えました。

「何をごちゃごちゃ言っておるか」とダーラヤヴァウシュがほえました、「さっさとこちらに来て、用を言ったら、さっさと帰れ！」

「ほら、ね」と空気、「『帰れ』と言っているということは、帰してくれる、ということだよ」

「ダーラヤヴァウシュ陛下にはごきげんうるわしく……」と魔法のじゅうたんから降りながら、王子さまはドラゴンにあいさつしました。

「わしのきげんは悪いのじゃ。帰れ！」とドラゴンはそっぽを向きます。

「フォンタノ城のみならず、ロスマン盆地全体が、あぶないことになっております」

と王子さま。

「知らぬ」とダーラヤヴァウシュ、長い首を王子さまに向けました、「帰れ」

「ガロンヌの降参により、とうとうレスコルムはロスマンに攻め込もうとしております」

「知らぬわ」とドラゴンは少し炎をはきました、「おまえら人間など、よその国ところしあいをして、みんな死んでしまえ」

王子さまのかぶっていた闇に少し炎が当たりました。しかし、闇のちからのほうが強かったので、炎はまわりに散っていきました。

「レスコルムは、このダーラヤヴァウシュ陛下のお城にも攻めてくると思われます」

むくっとドラゴンが立ち上がりました、「何人攻めてこようと、わしひとりで追い払ってみせるわ」ぼっぼっぼっと、ドラゴンはあたりに炎をはき散らしました、「帰れ！」

王子さまは少し後ろに引きました。多くの炎が闇にかかりそうだったからです。

「ガロンヌ方面から二百万。レスコルム本土から二百万。合わせて四百万の兵隊がロスマンに攻めこんでくると思われますが」

ぐっと、ダーラヤヴァウシュは、のどをつまらせました、「……四百万人？」

「南の国の動かせる兵隊さんの数が三百万ですから。ロスマン盆地へ南の国から攻めこまれないだけの人数を、レスコルムは用意すると思います。すると、少なくとも三百万人。南の国にまで攻めこむつもりはなさそうだから、六百万人も用意するとは思えません。まあ、四百万といったところではないでしょうか……」

「四百万人だと……」とダーラヤヴァウシュは長い首を上に向けました。

「だめだよ」と空気、「そのようなことを言うと、あのこ、いやがるよ？」

王子さまはうなずいて、ドラゴンに言いました、「でも、攻めこまれると考えるのではなく、いっそ、こちらから攻めていくと考えれば、どうでしょうか？」

「うん？」とダーラヤヴァウシュは長い首をめぐらせて、王子さまに向けました。

「一度こちらからレスコルムに攻めにいくのです」と王子さまが言います、「ふいうちをかければ、むこうの、こちらに『攻めてやろう』という思いも、うすれるかもしれません……」

「おろかもの！」ごうっと、ダーラヤヴァウシュは炎を激しく闇のキノコに吹きつけました、「おまえひとりでレスコルムに攻めるだと？　攻めこめるものか！　攻めこめたとしても、あとのことを考えておらぬだろう！　レスコルムの仕返しを考えると、次に攻めてくる人数は六百万人どころではないかもしれぬぞ！」

「だいじょうぶだよ」と空気が言います、「わたしが、ついているよ」

ぼそっと、ダーラヤヴァウシュのはく炎が消えていきました、「……そうか。空気が、おまえの味方についていておったか」

「しかし」と闇のキノコは首を横に振ります、「空気なんかが味方で、勝てますかねえ」

「本当におまえは、おろかだなあ」とダーラヤヴァウシュがあきれます、「空気さえ味方につけば、だれが敵になってもこわくなかろうに」

「こわいですよ」と王子さま、「空気がよろいをつけて、剣を振り回せますか？」

「できると思うよ」と空気。

「空気が騎士のかっこうをしたとしても、たいした兵力にならないと思います」と闇のキノコは、少しダーラヤヴァウシュに近づきます、「しかし。仮に、ですよ。もし仮に、ドラゴンがひとり、レスコルムに攻めこんだとすれば……？」

「ふむ」とドラゴンのダーラヤヴァウシュは、にやりと笑いました、「やつらは少し驚くかもしれぬの……」

「驚くだけではありません」と闇のキノコは首を横にふりました、「ものすごくおそろしく感じるはずです」

「ふむ」とドラゴンのきげんが良くなってきました。

「とくに、出てきたのが、ちからの強いことで有名な、ロスマン盆地のダーラヤヴァウシュ陛下だったとすれば」そろそろと、闇のキノコがあとじさります、「一度におそれおののき、みなひれ伏すかもしれません」

「ふむ」とドラゴンは、いっぺんにじょうきげんになりました。王子さまの言葉がドラゴンの自己顕示欲を満足させたからです。

「どうでしょう、ダーラヤヴァウシュ陛下」と王子さまが頼みます、「ぼくの味方になっていただけないでしょうか？」

「しかし王子よ」とダーラヤヴァウシュは宝の山のうえに寝そべりなおしました、「おまえに味方するとしても、わしにとってのメリットが見えぬ」

「みなの前にあなたの姿を現すことだけでは、不足ですか？」

「ぜんぜん足りぬな」そしてダーラヤヴァウシュは目を閉じます、「……帰れ」

「レスコルムは豊かな国です。かなりの宝物があります。……レスコルムの宝物をあなたの城にどんどん運びこむことでは、足りませんか？」

「それは、みりょくてきな話とは思う」とダーラヤヴァウシュは少し目を開きました。しかし、またすぐに、目を閉じます、「しかし、わしは、すでにかなりの宝物をたくわえた。わしが、わしの宝物を離れて、どこか遠くの土地にまで行くなど、思いもよらぬ」そして眠たそうに少し炎をはきました、「……帰れ」

「少し、空をひとっ飛びしていただくだけで良いのですが」

「帰れと言っておろう。帰れ」

「……この城のおるすばんを、私どもの家来からひとりよこしますので、ぼくの味方になっていただけないでしょうか？」

くすっとダーラヤヴァウシュは笑いました、「おまえの家来？　ミクロフォント大臣がかたっぱしからやめさせていったではないか。いったい、だれをわしのるすばんにさせるつもりというのか？」

「エブニザー・スクルージ」と王子さまは言いました。

「だめだよ」と空気が王子さまに言います、「まだ、スクルージのりょうかいをとっていないよ」

「スクルージ？　あのよくばりの金貸しじいさんの？」ドラゴンは少し首をもたげました、「おろかもの。どこの世界に、どろぼうに金庫番をさせるやつがおるか」

「でも少し考えてみてください」と王子さまが言い返します、「あの人は、よくばりです。よくばりだからこそ、あなたのるすの間、きっちりおるすばんをしてくれるとは思いませんか？」

「思えぬな。そもそも」とダーラヤヴァウシュはかぎづめで、鉄の精製のために働いている人たちを示しました、「あのよくばりじいさんに、このなまけものどもをちゃんと働かせることができるというのかね？」

「よくばりだからこそ」と王子さまが言い返します、「ダーラヤヴァウシュ陛下の家来たちを、ちゃんと働かせることができると思いますが？」

じっと、ドラゴンは考えています。

「……いかがでしょう？」と闇のキノコが、少しダーラヤヴァウシュに近寄りました。

「だめじゃな」とドラゴンは宝物にしがみつきました、「わしの宝物はわしだけのものじゃ。ここを離れるわけにはいかぬ。だから、わしにとって、デメリットのほうが大きい」

「失礼ですが」と王子さまはドラゴンの大きな体を見渡します、「ダーラヤヴァウシュ陛下は、日頃、何を食べていらっしゃるのでしょうか？」

「わしは何でも食べるよ」そしてドラゴンは、鉄の精製のために働いている人たちをまた示します、「気が向けば、そこらにいる人間どもでもな」

ひいっと、声にならない悲鳴をドラゴンの家来たちはあげて、よりいっそう熱心に働きました。

「ぼくが言うのもどうかと思うのですが」と闇のキノコはささやくように話します、「貧乏なロスマン盆地の人間と、豊かなレスコルムの人間……。いったい、いずれのほうが、お味はよろしいのでしょうか」

「それはもちろん、豊かな国の人間のほうが、あぶらといい肉の厚みといい、味が良にしがみついてしまいます、「あぶないあぶない、あやうく、あまい言葉にのせられるところじゃった」

「レスコルムが攻めてくるのを待っていると」と闇のキノコはささやきつづけます、「やってくる人間を食べようとしても、ダーラヤヴァウシュ陛下は選ぶことができません。いえ、選ぶといっても、種類は限られているでしょう。でも……。こちらからレスコルムに攻めていけば」

「豊かな国の、豊かな人間を、食べほうだい、というわけじゃなあ……」ドラゴンは少し体を起こして舌なめずりをしました。しかし、すぐに、また宝物の山にしがみついてしまいます、「いかん、いかん、わしがここを離れるわけには、いかん！」

「ダーラヤヴァウシュ陛下……。最近、おやせになったのではありませんか？」

「最近、豊かな人間を食べておらぬからな……」そしてちらっと闇のキノコを見やりました、「王子、そなたも貧しそうで、あまりおいしそうではないのう……」

「貧しい国の貧しい王子としては」と闇のキノコは少しドラゴンから離れます、「貧しい自分の国の人間よりは、豊かなよその国の人間を食べていただくほうが、ありがたいわけなのですよ」

「じゃからといって、わしがここを離れるわけには……」

「スクルージをおるすばんによこしますから……」

「しかし、あのよくばりじいさん、わしの宝物を勝手に、よそに持ち出したり他人に貸したりしないだろうな？」

「それをしたとしても」と王子さまは断言します、「あなたの宝物を増やすためにすることですから」

「……わしの損にはならぬはず、か」

「もし損していたら、スクルージを食べたうえで、スクルージの金庫の金を、ここに積み上げていいですから」

「だめだよ」と空気が王子さまにささやきます、「勝手なことを言っては」

ふうっと、ドラゴンは天井を見上げました、「豊かなレスコルムの人間か……。食べたいなあ……」

「ダーラヤヴァウシュ陛下がレスコルムにまで飛んでくだされば」

「わしは戦わなくてよいのじゃな？」とダーラヤヴァウシュ、「姿を見せるだけでよいのじゃな？」

できれば戦ってほしい、という言葉を王子さまは言うことができませんでした。とっさに、空気が王子さまの息をつまらせたからです。

「うん、いいよ」と空気がドラゴンに言いました、「あなたは、みんなの前に姿を見せるだけ。あとは、わたしと母さんが何とかするから……」

「空気の母さん、だれ？」と王子、むせながら空気に尋ねます。

「女神タラシア」と空気が答えました。

それは強力な味方だなあ、と王子さまは言えませんでした。ドラゴンが大声をだしたからです。

「……よかろう！　空気に連絡させてくれ。時と場所を伝えてくれれば、そこまで飛んでいってやろう」

「ありがとう」と言って王子さまはダーラヤヴァウシュに頭を下げました。

11

レスコルムの都

大きなまさかりをかついで、肩を半分はだけた服を着たタウロンが歩きます。まわりの人は、みな絹のドレスにビロードのコートなどを着込んでいました。北国の冬は寒かったからです。レスコルムは豊かな国だったので、多くの人がよい着物を着ていたのでした。

でも、レスコルムの人たちは、みな、貧乏そうな服（の映像）を着たタウロンを無視して、忙しそうに歩きます。というのも、金持ちは貧乏人のことなど、かまっていられなかったからです。

タウロンは物珍しそうに、あたりを見回しながら歩いていました。高い塔の立ち並ぶ、大きな町。水晶やダイヤモンドで飾られた窓が、夜でも魔法のあかりに映えて、きらきらと輝いています。ぱあん、という音がしました。見ると、お祭りでもしているのか、公園で花火が冬の夜空にあげられていました。

「おじちゃん、おかねおくれよお」と、身なりのよくない子供がタウロンに手をさしだしました。

「おじちゃん？　ぼくのことかな？」とタウロンは、まさかりをかかえたまま、しゃがみました。相手は子供で、タウロンよりも背が低かったからです。

「おじちゃん、おかねおくれよお」と、その子供は繰り返しました。

「ごめんよ」とタウロンは涙ぐみます、「おじちゃんも、お金がない。だから、お金をあげることができないのだよ……」

「けちんぼ！」と言って、身なりのよくない子供は遠くの別の人からお金をもらおうと走っていきます、「おじちゃん、おかねおくれよお」

どの金持ちの「おじちゃん」も、身なりのよくない子供を無視しました。どの「おじちゃん」も、物乞いにくれてやる金など一バル銅貨一枚すら持ちあわせていなかったからです。

「ああ～ん」と身なりのよくない子供は泣きだしました、「おなかがすいたよお」

「かわいそうに」と涙ぐみながらタウロンは、その子供に駆けよります、「お金はないけれども、おじちゃんがお菓子を君にあげよう」

タウロンは魔法でお菓子を呼びだして、その子供に手渡しました。

「ありがとう、おじちゃん」と言ってその子供はタウロンのお菓子を食べようとしました。ところが。

「まずい！　何だよ、これ……」

げほげほと、子供はタウロンのお菓子をはきだしてしまいました。砂糖が入らず「ふすま」の入ったお菓子など、レスコルムの人は食べたことがなかったからです。それでも、タウロンは傷つきました。

「ロスマン盆地では、普通に食べているお菓子なのだけれども、なあ……」

「タウロン、タウロン」と空気が呼びます。

「ああ、良いところに来た、空気さん」とタウロンは答えました、「この子供に何か食べ物を……」

「タウロン、あなたのお仕事は、何？」と空気はタウロンの耳元で尋ねます。

「ぼくの仕事は、木こりだよ。ほかに、農業と土星も司るよ」

「……手紙をレスコルムの王さまに届けるのではなかったの？」

「あ、そうだったね」とタウロンは、その子供に「さよなら」を言って、レスコルムのお城に向かいました。

レスコルムのお城は高い丘に建っていました。高い壁の向こうに、いくつもの高い塔がありました。「大きなお城だなあ」とタウロンが見渡していると、門番の人が見とがめました。

「待て！　そこのあやしいやつ！　きさま、そこで何をしている？」

「ぼくはタウロン」

「タウロンだと？　ふざけるな！」門番の人たちはタウロンを取り押さえようとしました。……できません。タウロンは映像だったからです。

「……ぼくの仕事は、フォンタノ城からの手紙をレスコルムの王さまに届けること」

「フォンタノ城だと？」

「そうだよ」とタウロンは手紙の封筒を門番の人たちに見せました。山を背にした小さなお城、フォンタノ城の紋章が、封蝋につけられてありました。

「……本物か？」

「そうだよ」というタウロンの言葉を門番の人たちは無視しました。『フォンタノ城の手紙』のにせものを作ったとしても、得をするものなど、だれもいない。ということは、おそらく、本物だろう」

「よし」と門番のとりまとめ役のエルフの騎士がタウロンに声をかけました、「私がおまえを王さまに取り次いでやろう。ああ、ただし、そのまさかりは、こちらで預かる」

「だめだよ」とタウロンが困ります、「このまさかりは、ぼくのものだよ」

「しかし、そのまさかりを持ったまま城の門を通ることは、まかりならぬ」

「まさかりを持ってなければ、通ってもいいのだね？」とタウロンはエルフの騎士に尋ねました。

「いかにも」とエルフの騎士は答えます。

「では……」とタウロンは、魔法で、まさかりを消しました。

「きさま……。まさかりを、どこにやった？」

「土星に返した」とタウロンは正直に答えます。でも、みんなには「変な答え」にしか聞こえませんでした。

「……まあよい。こちらだ。ついてまいれ」とエルフの騎士は馬を降り、タウロンを城の中に入れました。

いくつもの廊下と部屋をとおって、タウロンとエルフは歩いていきます。

「ねえ、まだぁ?」とタウロンは少しいらいらしてきます。あまりにも長く歩いていたからです。あまりにもレスコルムの城が大きすぎたからでもあります。

「すぐ、そこだ」と言いながら、ずんずんとエルフは歩いていきます、「ここだ」と言ってエルフは立ち止まりました。

「ここ? ああ、扉の中なのだね?」

タウロンを無視して、エルフは大広間の取り次ぎの人に伝えました、「王さま、フォンタノ城からの使者が、参りました」

「通せ」と大きな声が響きました。大広間への扉が開かれます。タウロンは、大広間へと入りました。

「うわあ。広い部屋だなあ」家来たちがたくさんひかえる大広間をタウロンは見回します、「きれいなじゅうたんに、大きなシャンデリア……。ああ、シャンデリアはみな、ダイヤモンドだあ……」

「こちらに参れ」とレスコルムの王さまが、段の上から言いました。おずおずとタウロンは進みます。レスコルムの家来のひとりが、タウロンの手からフォンタノ城の手紙を取り上げてしまいました。

「あ、それ、ぼくがレスコルムの王さまに渡す、大事な手紙だよ！　ぼくに返して！」

「心配せずともよい」とその家来の人がタウロンに言います、「ちゃんと、王さまに手紙は、渡す」

手紙は、家来から家来へと手渡されていきます。何人もの家来の手から手へと渡されて、最後に王さまに手渡されました。

「ぶわっはっはっ」とレスコルムの王さまは、フォンタノ城からの手紙を見て、大笑いをしました。

「お父さま」とそばに座るイルマがレスコルムの王さまに聞きます、「何と書いてあったのですか?」

「笑えるぞ」とレスコルムの王さまはイルマに手紙を渡します、「おまえも読んでみるがよい」

「どれどれ」とイルマはドヌエル王子からの手紙を読み始めました。

「レスコルムの王さま。すぐにフォンタノ城に降参しなさい。さもなければ、わたしたちはあなたの国に攻めこみます。フォンタノ城王子ドヌエル・ハンス・フォンタノ」

「ひどい手紙ね」と言ってイルマはタウロンに手紙を返そうとしました、「これが、ドヌエル王子の、私への答えということね?」

「そうだよ」とタウロンは、イルマから手紙を受け取ろうとはしません。

「おかしいと思わない?」とイルマはタウロンに尋ねます、「ロスマンの国々は、もう、熊城もゲンフ城も四つ湖城も、みなレスコルムに降参したわよ」

「ぜんぶではないよ」とタウロンは首を横に振ります、「フォンタノ城の他に『帰らずの城』が残っているよ」

ほっほっほっとイルマは大笑いしました、「ドラゴンが人間の味方などするものですか！」

したよ、という言葉をタウロンは言うことができませんでした。言ってもレスコルムの人たちは聞かなかったことでしょう。

「ドラゴンはプライドの高い生き物だからな」とレスコルムの王さまはイルマに同意しました、「ドラゴンが人間に味方することなど、ありえない」

「それにしてもドヌエル王子もおろかだわ」とイルマは手紙を読みなおしました、「動かせる兵隊が二百人ほどしかいないフォンタノ城など、レスコルムに勝てるはずがないのに」

「レスコルムのお姫さま」とタウロンは尋ねます、「今、ドヌエル王子のことを『おろか』と言った？」

「言ったわよ」

タウロンは泣きました、「ぼくの恋人のことを悪く言うのはやめて……」

思わずイルマは椅子から立ち上がってしまいました、「恋人ですって？　けがらわしいことを言うのはやめなさい！」王子さまが同性愛に耽《ふけ》っているように聞こえたからです。イルマは同性愛を「けがらわしい」と感じていました。

「それで」とレスコルムの王さまは何事もなかったように言います、「ドヌエル王子と同性愛の関係にあるおまえの用事は、このくだらない手紙を私に渡すことだけか?」

「違うよ」とタウロンは応じます、「できれば返事をもらってくるように言われているよ」

「返事してあげましょう」とイルマは言いました。

「よせ」とレスコルムの王さまはイルマに言います、「このような、くだらない手紙など、相手にするのもばかげている」

「いいえ」とイルマは怒りにほほをまっかに染めて、立ったまま言います、「お相手してあげましょう。剣と弓矢と魔法の限りをつくして」

「姫よ」とレスコルムの王さまは驚きます、「今は冬だぞ。しかも相手は雪山の向こう、ロスマン盆地の中の城だぞ。……春の雪どけまで待ってみては、どうかね?」

「いいえ」と相変わらず怒りに顔を赤くしたイルマは言います、「お返事は、早いほうがよろしいでしょう」

「姫よ」とレスコルムの王さまは、驚いたまま言います、「何をするつもりかね？」

「私の手持ちの兵隊を二百万人」とイルマは言いながら椅子に座りました、「そしてガロンヌの兵隊を二百万人。合わせて四百万人の兵隊で、ロスマンのフォンタノ城を落とします」

「姫よ、冬の戦争は避けたほうが良いぞ」

「いいえ」とイルマは首を横に振りました、「もうがまんなりません。私自らが兵隊を率いて、ロスマンに攻めこみます」

「姫！」レスコルムの王さまと家来たちは驚きました、「どうかお考えなおしください、姫」とおつきのエルフが止めようとします。

「いいえ。なりません」どんどんっと、イルマは椅子の手すりを叩きつけました、「あの無礼な王子を、思いっきりこらしめてやります」

「しかし、姫よ」とレスコルムの王さまは首を横に振ります、「何も姫自身が兵隊を率いることはないと思うが」

「参ります、父上」と言いながらイルマはゆっくり立ち上がりました、「私は、自分の手で、あの王子をこらしめてやりたいのです」

「しかし姫さま、もし万一のことがあれば」とエルフが止めようとします。

「私は馬も乗れるし、刀も使えます。……この中に、私より強く刀を使えるものが、いますか?」とイルマは広間を見回しました。いません。というのも、イルマは親衛隊の騎士たちよりも強く剣術、馬術をこなしていたからです。

「……返事は、すぐのほうが良いのね?」とイルマはタウロンに尋ねます。

「うん。早いほうが良い」

「剣をよこせ!」

エルフが大きな剣をイルマにさしだしました。イルマは剣を抜き放ちます。そして大きく剣を振り上げました。

「これが返事だ!」そしてイルマはタウロンに剣を振りおろしました。

どっと、家来たちがどよめきます。イルマの剣は、床にめりこんでいました。タウロンの映像を剣はとおりぬけてしまったからです。剣がとおりぬけるのと同時に、タウロンの映像は消えてしまっていました。

「……わかった、ドヌエルに伝えておく」とタウロンの声もレスコルムのお城から消えていきました。

12 クラレ川

魔法のじゅうたんは夕焼け雲を横切って、国境の雪山を飛び越えました。じゅうたんのはるか下の空には、遠くまで黒い森が広がって見えます。

「だいじょうぶかなあ。……もう帰ろうよ」と闇のキノコが空気に尋ねます。空っぽの「よろい」が王子さまに答えました。

「だいじょうぶだよ」

ロスマン盆地から海に向かって大きな川が、半ば凍りつきながら南から北へと流れていきます。クラレ川でした。

「だいじょうぶかなあ」と闇のキノコは、魔法のじゅうたんから空を見上げました、

「ダーラヤヴァウシュが、まだ来ないよ」

魔法のじゅうたんは、クラレ川を見下ろす大きな丘に、降りました。ローレの丘でした。ローレの丘から見下ろすと、川の西側がガロンヌ、東側がレスコルムになりま

した。

「だいじょうぶかなあ」と闇のキノコは、後ろのほう、はるか遠くの雪山を見やります。ふと、王子さまのかぶる闇に、冷たいものがかかりました。また雪が降ってきたのです。

「だいじょうぶだよ」と空っぽのよろいが繰り返しました、「きっと来るよ」

「寒いよ」と王子さまが空気に言います、「寒い外に出ることは『いやだ』とか言って、ドラゴンは来ないのではないのかなあ」なぜそう言うかというと、ひきこもりの王子さまも外に出たくはなかったからでした。

「じゃん、じゃん、じゃんじゃかじゃん」という音楽が、北のほうから、東北と西北の両方から聞こえてきます。東西合わせて四百万人の兵隊さんたちが、クラレ川ぞいにロスマンに向かおうとしていました。

あまりにも数が多いので、人の顔が見えません。まるで、雪の草原にじゅうたんをくるくると敷きつめるように、ぞろぞろと兵隊さんたちが迫ってきます。

輿の中では、軍楽隊の音楽に合わせて、ぱしっ、ぱしっ、ぱしっと手すりをイルマがたたきます。イルマは、かなり怒っていました。

「止まりなさい」

四百万人の兵隊さんが、ゆっくりと止まりはじめました。あまりにも数が多すぎたので、兵隊さんたちは急に止まれなかったからです。

イルマは魔法の鏡を見ました。ローレの丘が映っています。ローレの丘にはドヌエル王子と、空っぽのよろいだけが見えました。

「そちらがその気なら、私にも考えがあるわ」

そのよろいは空気のものではなく、王子さまが着るもののように見えたからです。つまり、王子さまがたったひとりでレスコルム軍に立ち向かおうとしているように見えたのです。

「馬をひきなさい。よろいを持ってきなさい」

「何をなさるつもりですか、お姫さま？」

「私がこの手で、王子をこらしめます」そう言いながら、お姫さまは、手早くよろいを身につけました。そして、さっとすばやく、馬にまたがりました。

お姫さまの馬は思わず「ぶひひひ」と言いながら、後ろ脚だけで立ち上がってしまいました。あまりにも急に重いものが馬の背中にまたがってしまったので、びっくりしたからです。

「どうどう」と言いながら、お姫さまは手綱を引きしぼりました。馬から落ちるわけにはいかなかったからです。

「ぼくはフォンタノ城の王子、ドヌエル・ハンス」と、魔法の大きな声がローレの丘のふもとに響きました、「……今すぐに降参しなさい」

「げへへへ」「ぐふふふ」「がっはっはっ」と、お姫さまをのぞいた四百万人の兵隊さんたちが、いっせいに大笑いしました。たったひとりで四百万人の人と戦えるはずなどない、そんな勝ち目のない戦いをすることはおろかだと、みんなは王子さまをばかにしたからです。

「なあ空気」と王子さまは、かたわらの空っぽのよろいを見ました、「言われたとおりに、言ってみたよ。でも、だれも、ぼくの言うことなど聞きもしないよ？」

「心配しないで」と空気が王子さまに答えます、「もう一回、魔法で、レスコルムとガロンヌの兵隊さんたちに、言ってみて」

王子さまは、もう一度、四百万人の兵隊さんたちに、降参するように言いました。

もう一度、四百万人の兵隊さんたちは、大笑いしました。そのうち半分くらいの人たちが、あまりにもおかしいので、空を見上げてしまいました。空を見上げた人のほとんどが、笑うのをやめました。空飛ぶドラゴンを見たからです。

ざわっと、四百万人の人々は、声にならない悲鳴をあげました。数はたくさんいるとは言っても、ひとりひとりの人は、やはりドラゴンがこわかったからです。

ドラゴンのダーラヤヴァウシュは炎をはきながら、ローレの丘に降りました。少しドラゴンは、いぶかしそうな顔をしています。ふと気づいて、ドラゴンは大きな口を開け、魔法で四百万人の兵隊さんたちに言います。

「わしは、ダーラヤヴァウシュ。フォンタノ城の味方をするためにやってきた……」

しーんと、お姫さまも含めた四百万人の人が、静まりかえりました。

「……ん?」とダーラヤヴァウシュは丘から見渡しました。見渡す限り、ロスマンの敵が取り囲んでいたからです。

「おい、ドヌエル、話がちがうぞ」とダーラヤヴァウシュが闇のキノコに向きなおりました、「わしの姿を見たやつらは、みなおそれおののいて、ひれ伏すのではなかったのか?」

「おかしいな」と王子さまは嘘をつきます、「そうなると思っていたのだけれどもね」

なるはずがありません。レスコルムもガロンヌも、兵隊さんたちは敵に勝つことだけを目的としていました。ところが、そこにドラゴンが一匹、現れました。ドラゴンの体は、普通の刀や矢をはじきかえす、固いうろこで覆われています。そして、四百万人の兵隊さんの持つ武器の多くは、ドラゴンに通用しない「普通の」ものだったのです。

ひとりや二人がドラゴンに立ち向かっても、あべこべに食べられるだけです。でも、一度に四百万人の兵隊さんがドラゴン一匹に襲いかかったら、どうなることでしょうか。そこにいた四百万人の人々は、どうなるか予想もつきませんでした。だから、ドラゴンを見て、ただ何もできずに立ちつくすだけだったのです。

「そう来たか……」と馬の手綱を引きしぼりながらイルマは考えます。そして、おつきのエルフに命じました、「ドラゴンスレイヤーをよこせ！」

ドラゴンスレイヤーとは、ドラゴンにも通用すると言われている、大きくとくべつな刀でした。世界に数本しかないといわれるほど、貴重なものでした。

「姫さま、何をなさるおつもりですか？」とエルフが尋ねます。

「知れておる」かかかっと足踏みしようとする馬を手綱でおさえながらイルマが答えました、「わらわが、ドラゴンスレイヤーをこの手にして、あのドラゴンを退治してくれる！」

「およしください、姫さま！」とエルフはたしなめます、「何も姫さまご自身がドラゴンスレイヤーを振る必要はないでしょう？　ほかの者にやらせれば、良いでしょう？」

イルマはさらに怒りました、「では、おまえがドラゴンスレイヤーを扱うのか？この中にドラゴンスレイヤーを扱える騎士が、いったい何人いるというのか？」

エルフはすぐに答えを出しました、「姫をのぞけば三人ばかり……」参謀とはすぐに答えを出すものだったからです。

「王子」と空気が闇のキノコにささやきました、「もういちど、降参するように言ってみて」

王子さまは魔法で、レスコルム・ガロンヌ合同軍四百万人の兵士たちに、最後の勧告を言い渡しました。

「ドラゴンスレイヤーをよこせ！」とイルマは、いっそう怒りました。

魔法で、エルフが一本のドラゴンスレイヤーをイルマにさしだしました。

「一本では足りぬ、全部、もて！」

さらに三本のドラゴンスレイヤーが、名だたる騎士たちの手に、魔法でさしだされました。

「よし」と言いながら、かぶとのひさしを、かしゃんとイルマは閉じました、「……目にもの見せてくれる」

お姫さまを先頭に三人の騎士が、さらに後ろにはおよそ四百万人の兵士たちが、ローレの丘に迫ります。

「どうするつもりだ、王子よ」とドラゴンは他人事《ひとごと》のように尋ねました。当時のドラゴンにとって、しょせん人間のことなど他人事にすぎなかったからです。

「なあ空気」と王子さまが空っぽのよろいに尋ねました、「……どうやら、降参するつもりは、ないみたいだよ」そして、王子さまはローレの丘から、クラレ川ぞいに迫る敵を見回しました、「ぼくが敵でも、降参しないだろうなあ……」

「だいじょうぶ」と空っぽのよろいが、がしゃんと立ちあがりました、「わたしがいないとどうなるか、これから見せてあげるから」

ごおっと、大きな風が、西から東に吹き始めました。

「何をしたの、空気？」と王子さまは空っぽのよろいに尋ねます。空気は答えませんでした。ふつう答えるものではないからです。

「ぐううっ！」と四百万人のうちの何人かが、とつぜん倒れ始めます。

そして月が、どんどん大きくなりました。月かと思ったものは、鎌でした。黒い影が現れます。黒い長衣をなびかせて、死の女神タラシアが、じっと立っていました。

「……タラシア！」

数百万人の人々が驚きます。驚くまもなく、敵はどんどん倒れていきます。

「たすけて、たすけて！」そしてもがき苦しみ始めました、「息ができない！」空気がなくなっていったからです。人は空気がないと息ができません。

「たすけて、たすけて！」と地面でもがきながら兵隊さんたちは死の女神に許しを求めます。

「ふん」と鼻の先で、タラシアが笑います。そして、鎌をひと振りしました。ざああっと、さらに数百人の魂が肉体をばっさり離れていきます。

「たすけて！」

かまわずタラシアは鎌を振り続けます。死は願いごとなど聞かないものだからです。

「あははは」と笑いながら、タラシアは鎌を振りました。すると、何人ものタラシアたちが現れ、さらにばっさりばっさり、倒れている人の魂を刈っていきます。強い神さまは、同時にいくつも現れることができたからです。

「あーはっはっはっ、あーはっはっはっ！」何人ものタラシアが、笑いながら、踊るように鎌を振りまわします。鎌が振られるたびに、人々の魂は、どんどん肉体を離れていきました。

「……なるほど」と闇のキノコは空っぽのよろいの後ろ姿に尋ねます、「空気よ、なるほど、こうすれば、戦争に勝つことができるだろう……。でも、これでレスコルムは降参するだろうか？」

「しないと思うよ」と空気が答えました、「それに、まだまだ終わりではないよ。だから……これから、レスコルム全体から、空気をなくしていく」

「……ほう」

王子さまは魔法の鏡で、レスコルムの都を見ました。都でも何人ものタラシアたちが、踊るように鎌を振っていました。

あるレスコルム兵は、タラシアに向かって剣を振りおろします。効きません。「死」に剣など効くはずはなかったからです。そのレスコルム兵の魂も、タラシアに刈られてしまいました。

都からも空気がどんどんなくなっていきます。息ができなくて、ばたばたと、人々は倒れていきました。

「息ができない！」と女の人がミンクのコートに顔をうずめます。でも、ミンクのコートの中にも、空気はありませんでした。その女の人も倒れてしまいます。その女の人の魂も、タラシアに刈られてしまいました。

「金ならばいくらでも出す！　だから、息をさせてくれえ！」とお金持ちのひとりが財布から金貨を何枚も空に向けます。でも空気は答えません。そのお金持ちも倒れてしまいました。そのお金持ちの魂も、タラシアの鎌は刈ってしまいました。持ち主のいなくなった財布からいくつもの金貨がころころと、どぶに落ちていきました。

「ぐうっ」と苦しい息の中で、レスコルムの賢い魔法使いは何が起こったか、わかりました、「空気をなくすとは！　……このような大量破壊兵器は許されぬ！」

そして、その賢い魔法使いは、もっとおそろしいじゅもんをとなえて、ロスマン盆地全体を炎に包もうとします。でも、できませんでした。いくら賢くても空気がなければ、息ができなかったからです。その賢い魔法使いも倒れてしまいました。その魔法使いの魂も、タラシアの鎌が刈ってしまいました。

「……すごいね」と魔法の鏡を見ながら王子さまは言います。

「まだまだ終わりではないよ」と空気が答えました。

水の中にも空気があります。その水の中の空気も、なくなっていきました。すると不思議なことが起こりました。水がお湯になったかのように、どんどん沸き上がって、蒸発していったのです。クラレ川の水も蒸発していきます。

「……すごいね」とローレの丘から見渡しながら王子さまは言いました。

「まだまだ終わりではないよ」と空気が答えました。

どんなに固いものでも、「物」である以上、必ず小さな「すきま」があります。そして、その「すきま」にも空気は詰まっていました。その「すきま」からも、空気がどんどんなくなります。すると、もっと不思議なことが起こりました。「物」がどんどん崩れていったのです。

都の高い塔が、さあああっと粉々に崩れていきました。塔のあったお城も、さあああっと粉々に崩れていきました。お城を守っていた高い壁も、さあああっと粉々に崩れていきます。

お金持ちの大きなおやしきも、貧しい人の住む小屋も、「物」である以上、全部粉々に崩れていきます。「物」を支えていた空気がなくなってしまったからでした。

もうレスコルムには命というものがありませんでした。建物はどんどん崩れていきます。木だったもの、草だったもの、水だったもの、動物だったもの、人だったもの……。ありとあらゆる「物」が、崩れて砂粒になっていきました。

「……このくらいにしておこうかな」と空っぽのよろいが、がしゃりと王子さまをふりかえりました、「もうレスコルムという国はなくなってしまったし」

「おい王子」とダーラヤヴァウシュが闇のキノコにほえました、「話が違うではないか。これのどこが『人間の食べほうだい』というのか？」

もう、レスコルムには人間はおろか死体すら残っていませんでした。

「だいじょうぶだよ」と空気がドラゴンに答えます、「ガロンヌは残したよ？」

あたりに空気が戻ってきたので、クラレ川がさらさらと再び、なかば凍りつきながら流れ始めました。

「げほっげほっ」とむせながら、数人の生き残り、ガロンヌの兵隊さんたちが起き上がりました。

でも目の前には舌なめずりするドラゴンが待っていました。

「ひええええ！」

「久しぶりにうまそうな人間だあ！」がぶりと、ドラゴンはガロンヌの兵隊のひとりを食べてしまいました、「ああおいしい！」

「ひえええ！」

ガロンヌの兵隊さんたちは、散り散りに逃げて行きました。

「……で」と空っぽのよろいが、ローレの丘のふもとを示しました、「あのこ、どうする？」

四百万人の兵隊、「国」を一瞬で失ったイルマが、丘のふもとで倒れていました。

13

戦いの終わり

「たすけて……たすけて」とイルマはあおむけになったまま、つぶやいていました。乗っていた馬が崩れてしまったため、イルマは地面に落ちてしまっていたのです。

ふわりと、イルマのそばに魔法のじゅうたんが降りました。じゅうたんから闇のキノコが降りてきます。空っぽのよろいも。

食事の終わったダーラヤヴァウシュも、イルマのそばに来ました。

「わしは、とりあえずおなかがいっぱいになった。……この人間は、まだ食べないでおいてやってもよいが。王子よ、どうする?」

「たすけて……」

「どうする、王子?」と空気が尋ねました。

「おまえも人間を食べるのか?」とドラゴンが王子さまに尋ねました、「……それともそのメスと交尾するのか?」

王子さまは、イルマの着るよろいを「かわいい」と感じました。王子さまの心は少しゆがんでいたので、そのように感じたのです。

「たすけて……」

王子さまは、自分のかぶっていた闇を広げました。そして、闇でイルマの姿も覆いました。

イルマは思わず王子さまから顔を背けました。闇の中で王子さまがマントを脱いだからです。マントを脱ぐと王子さまは、はだかだったからです。

「いや……」とイルマはもがこうとします。でも馬から落ちたときにどこか打ったのか、体が動きません。その様子を見て、王子さまはさらに「かわいい」と感じました。やはり王子さまの心は少しゆがんでいたからです。

王子さまはイルマの下半身だけを脱がしました。そして、王子さまとイルマは一つにつながりました。そういうことを王子さまはしたかったからです。

「ああ」とイルマは叫んで、王子さまを抱きしめました。本当は、イルマは、それを望んでいたからです。

はあはあ、と二人はつながったまま動きあいました。動くたびに、がしゃがしゃとイルマのよろいが音をたてました。

つっと、二人を覆う闇のうえに、さらに冷たい闇が影を落としました。じっとタラシアが二人を見つめていたからです。

王子さまは体を動かしながらも、タラシアに気づきました。

「……タラシアさま、何を」と王子さまは体を動かしながらも尋ねます。

ふっとタラシアはほほえみます、「死は、すべてのものの前に訪れる」そう言ってタラシアは「死の鎌」を振り上げました。

「何も……今でなくても……」と王子さまは相変わらず体を動かしながらタラシアに言いました。

「死は待たぬ」そう言いながらタラシアはほほえみました。

「何をする！」思わず王子さまはイルマから離れました。鎌は王子さまではなくイルマをねらっていたからです。

ざざあっと、鎌が振り下ろされました。

「……む?」とタラシアは、手にしたイルマの魂を見ました、「……なんと、こやつ、『命の井戸』の水を飲んだことがあったのか。また失敗してしまったではないか」

「タラシアさま!」と王子さまは、はだかのまま死の女神を問いつめます、「あなたは、いったい何をしたのですか?」

「わらわのせいではない……」と死の女神は首を横に振りました、「『命の井戸』のせいだ。その女の、魂の三分の一が残ってしまったのは」

「……その三分の二の魂を、どうするおつもりですか、タラシアさま?」と言いながら王子さまは闇をしおれさせていきました。すると、イルマの姿が夕日に照らしだされました。

「知れたこと」と言いながらタラシアはウォントレクスの姿に戻ります、「わしがあの世に連れていく」

「お待ちください!」

「死は待たぬ」そう言いながら、ウォントレクスの姿は消えてしまいました。ソプラバルの天王星に帰ってしまったからです。

王子さまは、じっと夕日を見つめていました。その方向には、レスコルムによって荒らされたガロンヌが広がっています。

ふと、王子さまは、後ろを見ました。夕闇の中に、見渡す限りの砂地となってしまった、レスコルムが広がっています。

クラレ川ぞいには、ダーラヤヴァウシュの食べ散らかした人間のかけらと、いくつものよろいや刀など武器が散らばっていました。

ふと、王子さまは足元を見ました。魂の三分の二を奪われたイルマが、ものも言えず、ただじっと横たわっていました。

「……姫?」と王子さまはイルマに呼びかけます。イルマはもう姫でも少女でもありませんでした。

「ふん」とドラゴンはそっぽを向きました、「わしの予想していたこととは少し違ったが、まあ良かったの」

王子さまはドラゴンを見上げました。ドラゴンは王子さまに言います。

「たまには自分のねぐらから外に出るのも、良いかもしれぬの……」

王子さまは何も言えませんでした。

「おなかいっぱい食べたためか、少々眠くなった」とドラゴンはあくびをしました、「わしは帰る。近いうちにまた会おう、王子よ……」

そう言って、ダーラヤヴァウシュはローレの丘のふもとから飛び立ってしまいました。

「……空気」と王子さまはイルマを見ながら、空気を呼びました。

「そのこをどうするの？　ころすの？」と空気が王子さまの耳元で尋ねます。

闇のキノコがイルマを抱きしめました、「生き返らせたい」

「……では、そうだね」と少し空気は考えました、「とりあえず、そのこを、フォンタノ城まで連れ帰ろうか」

「そうだね……」と言いながら、王子さまはイルマを抱きかかえました。もうイルマはひとりでは歩けなくなっていたからです。

魔法のじゅうたんは闇のキノコとイルマと、空っぽのよろいを載せて、浮かび上がりました。そして、国境の雪山へと向かいます。

「……もしかして、ぼく」と王子さまはひとりごとを言います、「たいへんなことをしてしまったのかなあ」

生き残りのガロンヌの人たちは、この日ののち、ロスマンを、とくにドヌエル王子のことをこわがるようになりました。いつレスコルムのように国が丸ごと砂に変わってしまうかも知れない、そのように考えたからです。

「……とんでもないことをしてしまったのかも」と言いながら、王子さまは雪空を見上げました。

今ではレスコルムに何人の人が住んでいたのか、わかりません。みんな死んでしまったうえに、死体はすべて骨も残らず砂になってしまって、何人死んだのかわからないからです。

「あなたはたいしたことをしていないよ。したのはわたしと、女神タラシア」と空気が答えました、「あの人たちは、ただ、空気が何をしているか知らなかっただけ。だから、あなたは何も心配する必要などないよ」

「そうは言っても、なあ……」と言いながらじゅうたんの上で王子さまはイルマを抱きしめました。イルマの魂は三分の二がもう失われてしまっていたので、王子さまに応えることができませんでした。「……心配だよ」

「だいじょうぶ」と空気が王子さまに答えました、「きっと、みんなうまくいくよ」

14

魔法使いの塔

雪どけの白くて冷たい水が、ごうごうと大きな音をたてて、湖へと流れこみます。ヤアギロップの暖かい日差しを浴びて、空気が浮かれて、少し踊ります。空気が動くと、風ができました。風にあおられて、花びらをいっぱいに開いたたくさんの花が、揺れています。ロスマン盆地に春が来たのです。

戦争が終わっても、ロスマンはあまり豊かになりませんでした。でも、もう、北の国から攻められることはありません。人々は安心した表情で、春を迎えました。

お城の跳ね橋が降ろされました。お城の中から闇のキノコが出てきます。王子さまがお城の外の市場に、花を買いに出ようとしていたからです。そして、その日はもう春だったからです。

フォンタノ城のまわりの人々は、闇のキノコに気づきました。でも、別にとくに驚きません。王子さまと知っていたからです。

町の人々は、王子さまに、首をたてに振って、黙ってあいさつをしました。闇のキノコが外に聞こえるように話そうとすると、王子さまのちからがよけいに必要になります。声などかけて王子さまの負担にならないよう、町の人々は王子さまを気遣っていたのでした。

「お願いです。私に仕事をください」とひとりの人が市場の人に頼んでいます。

「あんたなんかおよびではないよ、よそに行っておくれ！」

「お願いです。私に仕事をください」とその人は、市場の別の人に頼みます。

「じょうだんを言うのはやめてくれ！　あんたのおかげで、おいらはしなくてもよい苦労ばかりさせられたのだ！」

王子さまは、その人から逃げようとしました。というのも、「仕事をください」と頼んでいた人は、元大臣のミクロフォントだったからです。

「王子さま！　よいところにいらっしゃいました！」とミクロフォントが王子さまを見つけました、「どうか私を大臣に戻してください」

「そうは言ってもなあ」とドヌエル王子は困ります、「新しい大臣たちが、『ミクロフォントさんはいらない』と言っているからねえ」

「そうおっしゃらずに、どうか私を大臣に戻してください」

「そうは言ってもなあ。ミクロフォントさん。あなたが大臣をやめさせられたのは、あなたのおっしゃる『いたみをともなうかいかく』の結果、つまりあなた自身がしたことなのですよ。だから、大臣に戻るのは、あきらめたらどうですか？」

「しかし」とミクロフォントは泣きそうな顔を見せました、「このまま仕事がないと、私は食べていけなくなってしまいます。私は、まだタラシアさまに会いたくありません！」

「死ねば？」と空気がミクロフォントの耳元でささやきました。

「いっそ……」と闇のキノコは、東のほうを見ました、「ドラゴンの城で働いてみてはどうですか？　ぼくがダーラヤヴァウシュに口をきいてあげるよ」

というのも王子さまのことをドラゴンが「ともだち」と感じるようになっていたからです。

「とんでもない！　この年になって、ドラゴンの下では働けません！」

「スクルージはいっしょうけんめいに働いたよ。……ああ、うわさをすれば、その本人がいらっしゃったよ」

「ああ、これは王子さま、よいところにお見えになった……。ん？　ミクロフォント？このようなところで何をしている？」

「スクルージ大臣、お願いです、私を大臣に戻してください」

「そうだった、王子さま」とスクルージはミクロフォントを無視しました、「ガロンヌやレスコルムの再建のため、大臣の数をもう少しばかり増やしたいのだが、許していただけるだろうか？」

闇のキノコは黙ってミクロフォントを指さしました。

「どうかお願いします！」とミクロフォントが喜びました。

「だめ、だめ、だめ！」とスクルージはいっぱい書類を持ったまま手を横に振りました、「こんなやつが戻ってくるぐらいならば、狼のペーターを大臣にしたほうが、まだましだ！」

「そんな！」

「……だそうであるから」と闇のキノコがミクロフォントに言いました、「あきらめたほうがいいよ、ミクロフォントさん」

「ええい、さっさと失せろ」とスクルージがミクロフォントに言います、「新しい金貨をくれてやるから、どこへなと失せろ！」

金貨を手にしたミクロフォントは、すごすごと家に帰っていきます。

「スクルージ大臣！」と王子さまは驚きました、「あなたはドラゴンのお金を持ちだしたのですか？」

にっこりとスクルージは笑いました。そして、ドラゴンの金貨を王子さまに見せます。

「……だいじょうぶかい？」と王子さまはドラゴンの金貨を見ます。表にはフォンタノ城の様子が描かれていました。

「裏を見てごらん」とスクルージは言います。

「……裏？」裏に描かれたのはクレメンス一世でもドヌエルでもなく、ダーラヤヴァウシュでした。

「『ダーラヤヴァウシュの姿を描いた金貨を世に広めるため』と言うとあいつめ喜んでなあ」そしてスクルージは王子さまから金貨を返してもらいました、「自分の姿の描かれた金貨を毎日見ては、うっとりとしているそうだよ」

「それだけではないでしょう？」

「うむ。『いつかは世界中に広まった金貨が、ダーラヤヴァウシュの城に帰ってくる』とも言ってあげたよ」

「……嘘はいけませんよ、スクルージ大臣」

「嘘なものか！」とスクルージは両手を広げました、「このわしの金貨も全部、ドラゴンに預けた。いわば、あいつの金はわしの金、わしの金はあいつの金だよ！」

「大胆ですねえ……」

「なあに。金庫ならばどろぼうは盗みに入るかもしれないが、ドラゴンのもとから盗もうというやつは出ない。ドラゴンに預けるほうが、わしも安心というものだよ」

「しかし……思いきりましたねえ」

「ああ、もちろん」とスクルージは王子さまの懸念に答えます、「代わりに、こういうおふれをフォンタノ城から出してくれるよう、ダーラヤヴァウシュがわしに願い出おってな……」

「どれどれ……」と王子さまは書類の一つをスクルージから受け取ります。

「すまぬが……。このおふれを出してもらえぬだろうか？」

「『ニセ金貨を作ったものは、ドラゴンに食べさせてしまうおふれ』……ですか」

「そのとおり。ニセ金貨を作る人間は永久になくならない。つまり、あいつは自分の食べる人間を永久に確保したい、ということらしい」

「……しかしニセ金貨を作る人間など、心も体も貧しくて、ドラゴンの口に合わないのではないでしょうか？」

「そこをわしも言ってみた」そしてスクルージはもう一枚の書類を王子さまに手渡しました、「するとダーラヤヴァウシュは、別の、この変なおふれを出すように、願い出おってな」

「……何ですか、これ？」

「『役人にワイロを贈った場合、ワイロを贈った人間も、贈られた人間も、両方ともドラゴンに食べさせてしまうおふれ』だそうだ」

「そのような変なおふれを？」

「そう思うだろう？　わしも言ってみた。まっとうに働いておるこのわしが、ワイロを贈ったり贈られたりするものか、とな。すると、ダーラヤヴァウシュのやつ、わしに何と言ったと思う？」

「さあ？」

「『汚職をする人間も永久になくならない。しかも、ワイロを贈るほうも贈られるほうも、金持ちでおいしそうな人間に限られる。……おいしそうな人間を永久に確保したい』……のだそうな」

「そのような変なおふれは、必要ないと思うけれどもなあ」

悲しいことに、しばらくすると必要になりました。しかし私はここに書きません。

「でも……スクルージ大臣。おふれのことならば王子のぼくに言うよりも、父の国王に言ったほうがよろしいのではないですか？」

じっとスクルージは王子さまを見ました。

「……違いますか？」

「その様子だと、何も聞いておられぬようだなぁ」

「……は？」

「今日にでも、ゆっくり、お父上とお話しなさるがよろしかろう」

「スクルージ大臣！」と別の大臣がスクルージを呼びました、「すみませんが、ちょっとよろしいでしょうか？」

「ああ」とスクルージは王子さまにわびます、「すまないが王子、どうやら緊急の用件らしい。ちょっと失礼させてもらってよろしいだろうか？」

闇のキノコは、うなずきました。まだ花を買っていないことを思い出したからです。王子さまは、腕いっぱいの花を抱えてお城に戻ってきました。王子さまは、まっすぐ、中庭に向かいます。

「あ、だんなさま！」と王妃さまが自分の子供の王子さまを「だんなさま」と呼びました、「おかえりなさいませ」

「今日も花を買ってまいりました」と王子さまが「あずまや」に花を置きます、「お姉さんの様子はどうでしょうか？」

「あずまや」には、王妃さまのほかに、三分の二の魂を失ったイルマが、いっしょに暮らしていました。いっしょに「命の井戸」の水を使うためです。

「お姉さんは、ほんとうにお人形さんみたい」と王妃さまはイルマの顔をなでました、「おとなしいし、きれいだし、かわいらしい……」

王子さまは自分のしたことに「せきにん」を感じました。「……そう」と言ったきり王子さまは黙ってしまいました。

ふと王子さまは魔法の鏡を取り出し、イルマの体を見ました。イルマの体の中には、王子さまとイルマとの子が宿っていたのです。

「……そう」とまた王子さまは言って、よりいっそう「せきにん」を感じました。

「王子よ」と魔法が王子さまの耳元でささやきました。王さまでした、「少し話がある」

「……はい」と言って王子さまは王妃さまに言葉をかけました、「すみませんが、お姉さんのことをよく見てあげてください」

「ええ、よろしくてよ」と王妃さまは笑いました。王子さまは、いたたまれなくなり、

「お母さん」という言葉を飲み込みました。

「王子よ、少しよいかな?」ともう一回、魔法で王さまが王子さまにささやきました。

「はい」と言うと闇のキノコは、「あずまや」から消えていました。王さまだけではなく王子さまも魔法が使えたからです。

王子さまは、王さまの部屋の、樫の木のドアをノックしました。

「どうぞ」と魔法が王子さまの耳元でささやきます。王子さまは王さまの部屋に入りました。

「よく来てくれた。……まあ、これを見よ」

魔法の鏡でした。そこには狩人の森が映っています。

「……森?」

王さまは少し首を横に振りました。ベッドに寝たまま、王さまは口の中でじゅもんを唱えます。……長く長く。

すると森には高い塔ができていました。王さまが魔法で、高い塔を作ったのです。

「その塔は、何をするためのものですか? 戦いのための見張りですか?」

王さまは首を横に振りました、「わしは、魔法使いになろうと思う」

「お父さん」と王子さまは首を横に振りました、「お父さんはすでに王さまで魔法使いではないですか」

「わしは」と王さまはベッドに横になったまま言います、「魔法使いに専念したい。そのため、この塔に引っ越すつもりだ」

「何のために引っ越すのですか？」と王子さまは、自分も引っ越すことになると、どういうわけか感じました。

「塔で、自分の魔法をもっと磨きたい。そして、いずれは、おまえのお母さんとイルマの、失われた魂を呼び戻す術を見つけたい」

「……反魂の術ならば、魂の全部が肉体を離れていないと、効きませんよ」と王子さまが王さまをたしなめます。

「そうではない」と王さまはベッドに横たわったまま首を横に振りました、「反魂の術以外の方法を、いずれは見つけだしたい。新しい方法で、失われた分だけの魂を呼び戻す方法を見つけたいのだ」

「それならば」と「せきにん」を感じていた王子さまは王さまに言いました、「ぼくもお手伝いします。ぼくにも……」

「そなたは、ここに残れ」

「……え？」

「王子よ。そなたも、もう大人だ。そなたに、この城と王位をゆずる。これからは、そなたが王になるがよい」

「ぼくはまだ……」子供だと言おうとして、王子さまは言うのをやめました。王子さまには子供ができようとしていたからです。王子さまは代わりの言葉を見つけました、

「王にふさわしい行動ができません」

「できていたではないか」と王さまは笑います、「レスコルムとの戦争に勝ち、フォンタノ城のみならずロスマン盆地全体をまとめあげたではないか」

それは、空気とタラシアがしたこと、と王子さまは言おうとしました。でも言えませんでした。

「そなたならばできる」と王さまが言ったからです、「それではお母さんとイルマと、

城と国、人々をよろしく、な。わしは魔法使いとして、塔からいつでも見守っていてやるからな」

そして王さまだった寝たきりの魔法使いは口の中でじゅもんを唱えました。すると、かたむいたベッドごと、王さまの部屋から消えてしまいました。代わりに、魔法の鏡に、王さまだった魔法使いが映っています。魔法使いは、ベッドに寝たまま少し手を振りました。すると、鏡の中の、魔法使いの姿は消えてしまいました。

「たいへんなことになったなあ」とドヌエルはつぶやきました、「……空気、そこにいるかい？」

「わたしは、いつでも、どこにでもいるよ」と空気が答えました。

「ぼくに『王さま』ができると思うかい？」

「できると思うよ」と空気は答えました。

「自信がないなあ」とドヌエルはつぶやきます。

「まあ」と空気はドヌエルをなぐさめます、「とりあえずは、座ったら、どう？」

そこには「王さまのための椅子」がありました。おずおずと、ドヌエルは「王さまのための椅子」に座ります。

「ドヌエル・ハンス・フォンタノ王さま、ばんざい！」と空気が大きな声で言いました。ばんざいの声は、お城の外からも聞こえてくるようでした。

こうして、王子さまは王さまになってしまったのですが……。

ドヌエルは王子さまではなく、また、とくに「ひきこもり」でもなくなってしまったため、このお話はここまでにしたいと思います。

著者プロフィール
我門 隆星（がもん りゅうせい）
大阪府出身、在住。
桃山学院大学卒業。
IT関連企業勤務。

ひきこもりのおうじさま

2009年7月15日　初版第1刷発行

著　者　我門 隆星
発行者　瓜谷 綱延
発行所　株式会社文芸社
〒160-0022　東京都新宿区新宿1－10－1
電話 03-5369-3060（編集）
03-5369-2299（販売）

印刷所　神谷印刷株式会社

ISBN978-4-286-07093-3